Les Idées noires

DE LA MÊME AUTRICE

Chez le même éditeur

LA FILLE DU PÈRE, 2020

Le 11 juin 2022.

Laure Gouraige

Pour Marie,

Merci de votre intérêt pour ce livre, j'espère que ces pages vous

Les Idées noires

plairont et qu'elles vous feront rire

Roman

aussi, car vous verrez elles ne sont pas si noires que ça....

Bonne lecture,

Laure

P.O.L

33, rue Saint-André-des-Arts, Paris 6e

ISBN : 978-2-8180-5439-0
www.pol-editeur.com

1.

Vous vous réveillez un matin, vous êtes noire.

2.

Vous avez bien dormi.

Ce matin-là, celui où vous vous êtes réveillée à 10 h 39, vous pensiez être identique à la personne que vous étiez la veille, vos gestes conformes à ceux d'hier. Allumer votre téléphone, la journée commence ainsi.

Vous avez un message vocal. Une journaliste vous convie à la radio pour témoigner du racisme dont vous êtes victime. Vous sauvegardez, reposez le téléphone sur votre table de nuit, en réalité un tabouret cubique en céramique composée de terre de Yixing, offert par votre amie. Voilà. Vous vous réveillez un matin, vous êtes noire.

3.

Bonjour, je me permets de vous appeler car j'aimerais vous inviter à témoigner dans mon émission de radio du racisme anti-noir dont vous êtes victime. Rappelez-moi quand vous le pourrez. Merci.

Vous avez écouté le message dix-sept fois, *racisme, anti-noir,* vous êtes larguée. Vos yeux papillotent, pourtant vous n'hallucinez pas. 10 h 51, vous vous asseyez au bureau, cherchez *racisme* sur internet. Google vous assomme de définitions, *une idéologie, une croyance, une théorie, une forme de discrimination ?* Ah non, pas d'interrogation, des réponses s'il vous plaît. Votre pensée se brouille. Une *idéologie*, c'est quoi une *idéologie* ? Vous êtes tétanisée, le sang à l'arrêt, les mains violettes, le bout des doigts glacé. C'est quoi des doigts ? Les mots vous transpercent. Vous ne tenez plus sur votre chaise, c'est trop de dégoût pour une seule matinée. Retour au schlof.

4.

Bonjour, je me permets de vous appeler car j'aimerais vous inviter à témoigner dans mon émission de radio du racisme anti-noir dont vous êtes victime. Rappelez-moi quand vous le pourrez. Merci.

11 h 34, vous allumez la lumière. Vous ne rêviez pas, à 10 h 39 vous êtes devenue noire.

Vous vous en doutiez un peu.

Quelques signes. La peau colorée, le cheveu énervé, les traits arrondis. L'histoire de votre père, lointaine, trop lointaine, son paysage haïtien a été noyé par des années de désappropriation, son mariage avec votre mère aux couleurs laiteuses.

5.

Vous enfilez vos Birkenstock, des sabots allemands orthopédiques assez laids dont vous vous épuisez à vanter les charmes. Vous arpentez votre salon, épaules droites. Vous appréciez le drame, bien qu'il ne vous soit rien arrivé de grave au sens commun, la mort, la maladie, les accidents, la guerre, la faim, certainement le tragique est défini par les hormones. Les hormones vous jouent des tours, avant d'être ressuscitée au *Levothyrox 50 microgrammes* la moindre déception vous accablait. Vous pleuriez chez Leroy Merlin, l'approvisionnement des piles LR6 avait du retard, cet incident était une tragédie. Il y eut d'autres événements aussi pathétiques l'année précédant votre traitement, enfin la médecine vous a décrispée. Ce matin, vous êtes d'un autre caractère. Traquée par la police, une journaliste ne vous connaissant pas, n'ayant aucune raison d'avoir votre numéro. Par la fenêtre, une vue sans intérêt, votre horizon se dresse à cinq mètres, le mur poisseux d'une courette étriquée. Vous n'étiez personne la veille, voilà que vous êtes noire. L'ironie c'est qu'en dehors de votre thyroïde foireuse, la vie ne vous a pas accablée. Le peu de désespoir auquel vous ayez dû faire face n'a eu d'autre cause que vous-même. Vous avez excellé dans la noyade en détruisant les multitudes de vies qui s'offraient à vous, soi-disant pour des raisons psychanalytiques. Vous avez cru irréaliste de devenir vétérinaire après votre diplôme en traduction ; vous avez reproché à votre éducation de vous séquestrer comme un poisson dans un bocal. Un aquarium haut de gamme, avec renouvellement d'oxygène à chaque heure, système de nettoyage automatique, plantes et roches variées. À l'échelle de l'humanité vos problèmes sont dénués d'importance. Tant mieux. Depuis combien d'années le mur de la courette n'a pas été nettoyé ? Il dégouline de coulures marronnasses, une perspective plutôt répugnante. Vous vous concentrez pour trouver une anecdote, une petite anecdote, une histoire de rien du tout racontant comment, un jour, vous avez été noire. Rien. Rien dans le sens d'avoir été noir, comme la journaliste sous-entend que vous auriez été noire, aujourd'hui et les trente et une années précédentes. Vous vous dirigez vers la salle de bains pour vous voir. Vous voir, se voir, d'un regard nouveau. Le spectacle n'est pas plus joyeux que votre mur des lamentations. Vos cheveux sont raides, vous les lissez depuis quinze ans. Vous seriez plus sincère avec vos boucles. Votre peau d'un jaune grisâtre, le teint abject qu'elle revêt en hiver, ne raconte rien de votre soleil. Ce que vous êtes, votre totalité est décevante. Je suis décevante, dites-vous. Vous ne pouvez témoigner de rien. Vous n'êtes pas vraiment noire. Je ne suis pas vraiment noire, déplorez-vous. Et vous ne pouvez pas dénoncer la méprise, vous êtes blanche, puisque le constat de cette matinée met fin une fois pour toutes à votre imposture.

6.

Vous vous réveillez le lendemain de la matinée où vous êtes devenue noire. À moitié blanche, à moitié noire, votre confusion vous désempare. Vous vivez idéalement à l'abri sous votre couette, là dans votre chambre, ici dans votre appartement. Votre appartement, parlons-en. Vous y habitez depuis trois ans quarante mètres carrés rue Saint-Roch, à deux cents mètres de la station de métro Tuileries, intégralement automatisée le 16 février 2013 ; un appartement au premier étage d'un immeuble haussmannien. Vous y accumulez un tas de trucs par vacuité. Parfois vous songez à l'idée d'une autre vie, à déménager dans un chalet au nord du Canada. Vous y vivriez en harmonie avec ce que vous êtes. Génial. Mais qui êtes-vous au juste ? Vous ouvrez vos rideaux en lin. Oui, vous avez des rideaux en lin, l'uniformisation du beau est marquée par le triomphe du lin ; le lin est partout, au moins dans l'intégralité des lieux où il est attendu. À vingt-neuf ans vous étiez sérieusement déprimée, l'approche de la trentaine ne promettait qu'une perspective morbide. À trente et un ans vous avez définitivement renoncé à vous pulvériser hors du bocal. Vous avez été recrutée comme traductrice. Allemand-français, s'il vous plaît. Vous avez un chat, il ne cohabite pas avec vous, au mieux, il vous tolère. L'amour que vous lui portez, votre habitat en lin, votre crise de la trentaine, votre monde prévisible, c'était cela votre identité. Aujourd'hui ce schéma vous presse mollement le ventre. Vous pensez aux tirades des uns et des autres sur leur appartenance à telle ou telle origine, sur la manière dont ils se sont construits par cette relation ambiguë. Ce lien vous laisse froide. Pourtant, vous êtes quelqu'un. Vous répétez, je suis quelqu'un. Un cœur attaché à un corps, un corps de femme. Vous êtes une femme. En ouvrant vos rideaux vous éprouvez un léger dégoût, un petit dégoût qui flotte dans l'atmosphère, comprimé dans vos bras, tassé dans vos jambes. Vous habitez dans cet appartement depuis trois ans. Auparavant dans un autre comparable à celui-ci, dans un quartier semblable à celui-ci. La gêne est ailleurs; la nausée c'est vous. Vous n'êtes jamais allée en Haïti. Vous êtes un corps de femme qui n'est jamais allé en Haïti. Vous l'évoquiez comme un voyage de fin de vie. Vous disiez à vos amis qu'il était risqué de s'y rendre. Dangereux, trop dangereux d'aller là-bas. Belle affaire. On raconte des histoires en tout genre, du genre où les touristes disparaissent, enlevés pour trois sous. Ces histoires on les entend ici en France, ailleurs aux États-Unis. Vous avez sollicité ces peurs pour masquer autre chose. Vous n'en aviez rien à faire d'Haïti. Cette réalité est devenue radicale après la disparition de votre grand-mère. Après sa mort, la situation s'est détériorée. Pour le pays, pour vous. Ima vivait à Port-au-Prince, vous ne l'aviez pas revue depuis vos dix ans. Impossible d'aller en Haïti, d'y penser, d'en parler, de l'aimer. Sans elle, sans l'embrasser, sans la serrer, sans la toucher, là-bas, chez elle, aller jusque là-bas, là où elle n'est plus, c'était vivre sa mort. L'île n'est pas une destination. Longtemps ce fut l'amour, celui de votre grand-mère, les souvenirs d'enfance de votre père. Un jour Haïti s'est défaite, pourtant entièrement là, sculptée dans votre imaginaire, l'île existe étonnamment vivante et morte. Jamais vous n'irez là-bas.

7.

Je cherche un Noir, je cherche un Noir ! Vous imaginez la journaliste, brandissant sa lanterne à la figure des passants, je cherche un *vrai* Noir. Première erreur, vous n'êtes pas une *vraie* Noire. D'ailleurs vous n'êtes pas noire du tout. Vous analysez votre main, pas la moindre noirceur. Votre pull, oui. Incontestablement, votre main n'est pas de la couleur de votre pull. C'est manifeste, dites-vous. Vous attrapez le dictionnaire. *NOIR, NOIRE, adj. et subst. Caractérisé par l'absence de couleur (ou par une couleur très sombre) ou bien par l'absence de lumière. À strictement parler, noir ne désigne pas une couleur. Le corps noir absorbe intégralement les rayons qu'il reçoit à sa surface. Mais la langue retient le fait que le noir produit une impression visuelle analogue à celle des couleurs et admet couramment la couleur noire.* C'est pire que prévu, noir c'est du vent. Vous êtes à la dérive. Cette journaliste demande l'impossible.

Je cherche un *vrai* Noir, mais pas trop noir, juste la teinte en dessous, en bref, un Noir qui existe. C'est un tel fouillis, revenez à l'essentiel. Pour un sujet aussi grave, la voix de votre journaliste est bien enjouée. *Pourriez-vous témoigner du racisme anti-noir dont vous êtes victime*, tralalalalalalalalère. Ça sent le traquenard. Pas de lieu, pas de nom, aucun détail sur la chaîne de radio. C'est la garantie d'être kidnappée par une station fin de siècle. La journaliste s'adresse à vous sans hésiter. Elle vous connaît. Peut-être de l'école ? Votre seule fréquentation aspirant au journalisme a terminé clerc de notaire à Aix, vous l'aviez croisée dans le train, déguisée en vieille rentière. Les autres ont disparu. Vous étiez quarante-deux dans votre classe au lycée, trois garçons, trente-neuf filles. Certains dossiers sont à classer vite fait. Seule une petite dizaine aurait pu devenir votre journaliste. Faudrait-il encore avoir la mémoire des noms. L'un d'eux vous revient, son curriculum est à disposition sur internet. Prépa école de commerce, licence d'école de commerce, master d'école de commerce, mémoire sur *La Négociation et la Digitalisation de la relation client*. Elle revendique plusieurs compétences, *bonne communication interpersonnelle, prospection de leads, génération de revenus*, unique fondatrice d'un concept contemporain, *un bar autour d'une idée innovante : chacun apporte sa boisson, vous ne payez que le droit de vous asseoir.* Au feu. Vous avez trop mal au crâne pour déterrer les autres, la sensation affreuse d'avoir bousillé votre journée. Le message, encore une fois. Il est intact. Fidèles à votre souvenir les mots qui vous secouent les tripes depuis deux jours. *Pour écouter le numéro d'appel, faites le 5*, vous appuyez sur 5, *le numéro d'appel de votre correspondant est le 06*, vous notez *06* sur votre carnet, puis raccrochez subitement. Vous n'êtes pas prête.

8.

Vous avez convenablement dormi, malgré votre malaise de n'être ni blanche ni noire. Quoique vous préféreriez être noire. La banalité d'être blanche vous ennuie. En France, ancienne Gaule vidée de ses Gaulois, aux habitants principalement à peau claire, aux cheveux châtains, aux yeux marron, vous êtes dans la moyenne ordinaire. Pas plus originales, les sonorités de votre nom ne convoquent nullement l'ailleurs, un ailleurs en opposition à ici. Vous ne portez pas un nom haïtien qui évoquerait l'histoire de vos balades. Votre patronyme fut, d'après les recherches de votre famille, français, porté par un Français de Bordeaux, ayant fui en Jamaïque ou à Cuba, vous n'êtes plus certaine. Vous végétez sur la terre de votre ancêtre, quittée il y a des décennies. Ses péripéties auront été inutiles, on vous a parachutée sur les lieux abandonnés. Ce détournement n'est pas de votre faute, le coupable, le véritable responsable de ce dénouement, c'est votre père. C'est lui qui a laissé l'ailleurs pour les États-Unis, les États-Unis pour la France, vous condamnant au funeste retour. Plus malins, ses frères et sœur ont prolongé la fuite en Amérique. Vous n'êtes donc noire que par déménagement. Retour à la case départ. Sur le carnet où vous avez écrit *06*, vous griffonnez une réponse. Vous vous êtes résolue à la simplicité, un message catégorique. *Chère Madame, merci de votre invitation que je me vois néanmoins contrainte de refuser, n'étant pas noire et n'ayant, par conséquent, aucun témoignage à vous offrir. Bien à vous.* Deuxième essai. *Chère Madame, merci de votre invitation et de l'intérêt que vous portez à mon témoignage. Malheureusement, je ne suis actuellement pas en France et ne serai pas de retour avant plusieurs semaines. Bien à vous.* Vous ne devriez pas mentir à cette journaliste, elle paraît mieux renseignée sur votre vie que vous ne l'êtes. Vous recommencez. *Chère Madame, merci de votre invitation, malheureusement mes convictions politiques et philosophiques me forcent à penser la logique identitaire comme une entrave à la pensée première : un homme est un homme. Vous comprendrez que dans cette perspective il me soit impossible de venir témoigner sur le sujet. Bien à vous.* Hum. Un peu lourdingue, mais pourquoi pas. Vous relisez. *Un homme est un homme*, ce serait plus juste avec une majuscule. Vous récrivez, *un Homme est un Homme*. Pas glorieux, *un humain est un humain*. Votre propos est faible, le message en extinction. Il est temps de revoir cette langue qui s'apparente au masculin, elle, contrairement à vous, est pourvue d'une identité forte. La neutralité du français n'est pas votre objet. Votre objet à vous est déjà peu clair, certes clair de peau, mais sombre en esprit ; en bref, vous divaguez, vous sombrez dans un délire noir.

9.

C'est un objet encombrant, une identité. Elle vous empêche de dormir, vous coupe l'appétit, vous précipite en vous-même. Vous épousez des formes ennuyeuses, des évidences pour les détruire, vous êtes une ébauche. Détruire. Recommencer. S'énerver, recommencer. Détruire. Que de recommencements, que d'énervement. Vous ne dormez pas. Où étiez-vous avant l'appel ? Vous répétez, où étais-je avant l'appel ? Vide, vide, vide, vide, vide, ce matin aussi, vide. L'année de vos vingt-neuf ans, des vingt-huit également, vous étiez dépassée. Écrasée par le temps, car vous étiez, à vingt-neuf et à vingt-huit ans, la même larve que dix années auparavant. C'était un échec pitoyable. Vous n'aviez pas accompli ce que vous souhaitiez accomplir cependant vous n'aviez pas la moindre idée de ce à quoi cet achèvement faisait référence. Devant votre bibliothèque, vous souhaitez comprendre l'histoire des autres. Vous vous approchez des étagères, un mélange de livres achetés par vous-même, d'autres donnés par votre père, certains subtilisés à votre mère et de nombreux cadeaux. Cette organisation instable vous rend étrangère à vos rayonnages, vous y trouvez des ouvrages que vous vous apprêtiez à acheter, d'autres en double, quelques-uns aperçus puis disparus. Cent vingt-trois minutes se sont écoulées pendant votre inspection, vous empilez vos trouvailles sur la table basse de votre salon avant de vous affaler sur le canapé. Votre regard est absorbé par les tranches des bouquins, vous lisez noir, noir, noir, noir, noir et noir. Votre exploration a été productive, une quinzaine de livres rédigés par des Américains. Votre histoire ne s'est pas déroulée sur ce continent. Certes, sur des îles plus proches de l'Amérique que de l'Europe, des îles nommées Caraïbes. La ségrégation aux États-Unis fera l'affaire. Elle vous touche moyennement, cependant plus directement que celle de l'Afrique. À cet instant, l'essentiel étant de regarder par la fenêtre. Surtout pas littéralement par votre fenêtre qui donne sur cette décrépitude, mais comme l'image naïve d'une ouverture vers le lointain. Assez de distance, vous avez mis assez de distance avec vous-même. Vous voulez vous frotter à Haïti, au-delà de l'idée d'Haïti, Haïti c'est vous. Vous êtes ce qui demeure après l'exil.

10.

Vous avez mieux dormi que la veille du jour où vous disiez avoir mieux dormi que le jour précédant le lendemain où vous appreniez être noire. Vous avez fait une découverte rassurante, vous n'êtes pas une tortue. Le miracle s'est produit vers 2 heures du matin, la révélation vous a assommée. Le soir vous aviez regardé une vidéo d'une loutre imitant un chat. Recueillie par un couple de Japonais, l'animal a reproduit, après deux semaines d'apprivoisement, les gestes et les habitudes de ses compagnons félins. Pipi dans la litière, déchiquetage du canapé, chasse aux oiseaux, cadavres en offrandes, toilettage scrupuleux, en dehors de sa physionomie, rien dans son comportement ne pouvait la distinguer d'un chat. La vidéo suivante présentait les dix espèces de tortues géantes des Galápagos, c'était le summum du divertissement, jusqu'à ce que vous soyez pétrie d'angoisse. Vous vous comportez peut-être comme cette loutre, vous n'êtes ni une femme ni un homme, mais une tortue élevée parmi les humains. Votre famille s'est entendue pour faire croire à votre ressemblance, au fond de vous, vous l'avez toujours su, il y a un truc qui cloche. À 1 h 30 du matin, cette théorie vous a paru douteuse. À 2 heures, foncièrement crétine. Depuis votre réveil, vous gambadez en ricanant, je ne suis pas une tortue, je ne suis pas une tortue. En réalité c'était assez évident, vous n'en avez pas la moindre caractéristique. Vous cherchez sur Wikipédia les différentes espèces. La tortue d'Hermann, la tortue étoilée d'Inde, la tortue Testudo, la tortue de boue rayée, pas de chance celle-là. Peut-être était-ce le sens du message, vous êtes une espèce à part ? L'idée vous plaît. Je suis une espèce à part, dites-vous. Vous partez à la boulangerie, attrapez une casquette dans votre placard. Baseball hat, pensez-vous. Vous portez une casquette pour dissimuler vos cheveux cradots, parfois pour simuler un air décontracté, peut-être à l'américaine. Ce rapprochement, vous l'avez souvent entendu. La casquette vous donne une allure d'Américaine, de Noire américaine, ajoutez-vous. Le baseball est un sport, la plupart des athlètes américains sont noirs, donc la casquette est essentiellement portée par des Noirs. Ou alors pas du tout, vous n'en savez rien. Les gens qui portent une casquette sont dépités de ne pas être noirs. Pas du tout, vous n'en savez rien. Vous l'avez dit, c'est trop tard. Vous filez dans la salle de bains, vous êtes plus proche de la couleur noire que de la rayure tortue de boue. Vous pivotez la tête à droite, à gauche, de loin vous vous assombrissez. Elle tient la route votre histoire. En revanche, défense d'approcher, en pleine lumière vous êtes terriblement blanche. Vous sortez la parade complète, lunettes de soleil, écharpe, gants, vous êtes nichée. Dans le hall de l'immeuble, vous ne vous vous êtes pas reconnue, je suis super-noire, vous exclamez-vous. Vous fanfaronnez jusqu'aux premières gouttes de pluie. Après trois semaines de disparition, la boulangère est revenue à son poste, la peau plus colorée que la vôtre. Vous complimentez son teint resplendissant, elle vous remercie, ajoute que sa fille est presque noire. Vous la dévisagez. Elle vous scrute avec un air de pitié, vous recommande de partir en vacances, au soleil pour bronzer votre misère. Sa main s'agite dans un sens, dans l'autre, pointe du doigt vos cernes. Vous partez vexée. Malgré sa supercherie, la plus noire, de sa fille et de vous, c'est bien vous. Peu importent les artifices, noir n'est pas une couleur, c'est un engagement. Et vous, Madame, vous avez amassé un tas de livres dans votre salon. Sa fille peut-elle en dire autant? Devant votre pile, vous attrapez *La Prochaine fois, le feu*, admirez ce titre splendide, un titre à la hauteur de votre revendication. Demain vous ferez des UV.

11.

Il est effroyablement tôt, vous dégainez péniblement votre corps rue Saint-Honoré. Ne pas rater le 27, vous répétez cela, ne surtout pas rater le bus, le suivant vous serez en retard. Vous partez rue Gay-Lussac dans le Ve arrondissement, un quartier que vous haïssez. Vous avez ingurgité deux comprimés de citrate de bétaïne pour dissoudre la rage. Chaque fois que vous y revenez, le Ve vous tombe cru dans l'estomac, ensuite les crampes. Vous viviez heureuse dans le Marais, un jour vos parents ont décrété qu'il vous fallait plus grand. Ah bon ? Le lendemain, déménagement. Adieu l'école des Tournelles, fini les goûters place des Vosges, bonjour la rive gauche, le début des emmerdes. Le divorce de vos parents, le collège, les angoisses, les complexes, en bref, la dégringolade. Sous ses allures rangées de quartier universitaire, le Ve vous a fracassée. Ce n'est qu'à vingt-cinq ans que vous vous êtes sauvée rive droite, renonçant à votre projet de thèse qui vous aurait clouée dans cet arrondissement. Ce matin, vous rejoignez l'Institut de géographie pour assister au cours *Haïti : risques et catastrophes*. Un autre titre à la mesure de votre drame. Cette fortune n'est pas un hasard, l'auteur de la tragédie, c'est votre oncle. Le frère de votre père, précisément un des frères de votre père, géologue. Vous entrez dans le bâtiment, l'odeur du bois, le craquement du parquet, les graffitis, le bureau sur l'estrade, le double tableau à craie, le rétroprojecteur, deux citrates ne feront pas l'affaire. Votre gorge se serre, l'autorité, les évaluations, ce système écrasant, ces années ont eu pour seul réconfort la philosophie. Pourquoi vous infliger de pareils états avant 8 heures ? Votre oncle entre dans l'amphithéâtre, sa présence vous calme. Il suspend son chapeau, marron ou kaki, rares sont les hommes du XXIe siècle qui le portent aussi bien. Seuls quelques trentenaires désœuvrés l'avaient remis à la mode par manque d'inspiration. La salle se remplit, vous perdez le compte, stupéfaite de cet engouement pour la catastrophe haïtienne. Votre géologue continue son discours de la semaine dernière, ça ne vous avance pas. Il pointe des villes mystérieuses sur une carte que vous découvrez, ici Limonade, dit-il. Vous ricanez, griffonnez sur votre feuille, Limonade, d'un air hébété. La même stupeur se reproduit jusqu'à la fin du cours. Vous seriez volontiers revenue la semaine prochaine si votre géologue n'était pas si matinal. C'est une première et une dernière. Vous rangez votre stylo, un groupe d'étudiants se précipite vers l'estrade. Votre oncle vous fait signe d'approcher. Les cinq ou six retracent leur périple en Haïti. C'est une chose qu'on ne faisait pas en philosophie, des excursions. L'apprenti philosophe a pour seule distraction la bibliothèque, pour seul repas un tas de poussière. Votre oncle est donc parti avec ses élèves, il n'est pas le genre de scientifique à végéter entre quatre murs. Les étudiants commentent l'île, se pâment au souvenir de leur aventure, supplient leur professeur d'y retourner bientôt, très bientôt. L'année prochaine, n'est-ce pas ? Ce raffut vous met en colère. Vous êtes vexée de ne pas avoir fait partie du voyage, isolée dans votre ignorance. C'est de votre île qu'il s'agit, non de la leur. Votre géologue vous a présenté comme sa nièce, c'est un lien grave qui vous unit définitivement à lui, à Haïti. Un élève vous demande de quand date votre dernier voyage. Quand es-tu allée à Haïti pour la dernière fois ? Les Haïtiens disent en Haïti. Vous entretenez cette familiarité, c'est l'unique forme de proximité à laquelle vous vous accrochez. Vous reformulez, quand es-tu allée en Haïti pour la dernière fois ? Vous cherchez à l'humilier, telle que vous vous sentez par sa faute. Vous n'y êtes jamais allée. Vous ne précisez pas pourquoi, vous dites, je n'y suis jamais allée. Vous auriez pu ajouter que depuis la mort d'Ima, pour vous c'était fini. Mais votre Ima, c'est aussi celle de votre oncle, or vous n'avez pas osé lui dire que sa mère, votre grand-mère, son absence avait rendu le voyage impossible. Vous êtes terrifiée qu'il réponde que la mort d'Ima c'était une attente, votre attente ; que vous êtes restée plantée là, à attendre qu'elle meure. Vous ne prononcez pas le nom de votre grand-mère, vous la préservez des autres. Pourtant ces jeunes ne sont pas vraiment des étrangers. Eux connaissent Haïti, son territoire, ses villes, ses mers, ses montagnes. Peut-être sont-ils allés dans la maison de votre grand-mère. Peu importe, vous ne voulez pas savoir. Vous vous accordez le privilège étrange du sang, d'avoir avec votre île un attachement singulier. Un truc spécial, comme on dit. Vous arrangez votre monde pour éviter d'admettre que l'étrangère, c'est vous. Ces étudiants vous dégoûtent, ils se flattent d'être des voyageurs, se vantent de leur curiosité, nous avons l'esprit aéré, oui, oui, nous sommes les découvreurs du monde, et vous ? Vous, vous êtes une crasse. C'est ce que vous avez choisi d'être, n'est-ce pas ? Une coquille vide. Vous observez votre oncle. Vous n'avez pas prétendu que les menaces d'enlèvements vous avaient découragée, je ne suis jamais allée en Haïti. Point. Votre honte, étalée. Sur vous. En vous. Elle vous ronge. Vous quittez la salle meurtrie. Aujourd'hui, c'était déjà trop tard.

12.

Vous avez regardé sept films sur la ségrégation aux États-Unis, vos forces sont sérieusement entamées. Certains sont adaptés de récits littéraires absents de votre bibliothèque. Vous avez commencé par *Twelve Years a Slave*, vous prolongez l'horreur en lisant l'autobiographie de Solomon Northup. Avant, vous aviez terminé la lecture de *Black Like Me*, vous découvrez qu'il existe non seulement un film, mais un documentaire n'ayant rien à voir avec l'ouvrage de départ, ni avec le film, mais qui traite de votre sujet par une expérimentation rappelant celle de John Howard Griffin. En somme, vous ne manquez pas de ressources. Grâce aux algorithmes, Netflix affiche constamment un florilège de suggestions plus ou moins pertinentes. La plupart des propositions sont des échecs, le logiciel s'embourbe, vous cliquez sur n'importe quoi. C'est à cause des algorithmes que vous avez regardé un film mielleux, *Love and Basketball.* Vous avez consenti cette digression, il était 2 heures du matin, vous étiez sévèrement déprimée. *Deux amis d'enfance, un fan de basket et sa voisine, suivent des parcours différents sans se perdre de vue, ni réussir à s'avouer leurs sentiments.* Vous préfériez vous endormir après cette épopée plutôt qu'en vous remémorant les images de *Mississippi Burning.* Pressez le pas, vous êtes attendue chez votre tante pour déjeuner. Vous rejoignez votre famille maternelle, celle de votre enfance. Comment allez-vous vous présenter ? Vous n'êtes plus celle que vous étiez avant l'appel. Vous n'êtes pas non plus une tortue. Dis donc, la journaliste, aux oubliettes. L'idée de la rappeler vous avait traversé la caboche, ensuite le Vᵉ arrondissement a sapé votre élan. Vous êtes rentrée écœurée, vous avez conforté votre découragement en regardant vos films sur la ségrégation, la suggestion Netflix, la soirée s'est déroulée comme vous en connaissez la suite. Vous êtes chez votre tante, tous bien rangés autour d'une grande table ronde. Neuf, dix, onze, douze, treize, etc., votre famille est au complet. Vous aimeriez qu'il en manque trois ou quatre. Ils chahuteraient moins. Vous gloussez. Chahuter vous amuse. Vous songez habilement à les séparer, à en expédier deux ou trois à la cuisine pour exposer votre cas aux autres. Ou faire circuler une note sur votre serviette. Vous êtes fébrile, entièrement détachée des conversations. Vous avez perçu dans la cohue un commentaire sur un film d'Almodóvar. Vous n'interrompez pas, vous ne l'avez pas vu ; votre dernière soirée au cinéma c'était *Godzilla, roi des monstres.* Vous pourriez entamer une analyse de la symbolique du monstre radioactif écrasant pas à pas l'île du Japon, vous avez d'autres priorités. Ils se ressemblent tous. Vous les observez les uns après les autres, assis autour de vous, ils forment un ensemble cohérent. Vous rectifiez, ils formeraient un ensemble cohérent, si vous n'étiez pas là. Le teint assez pâle sans être blafard, de grands yeux marron, un large sourire et un nez qui n'appartient qu'à eux. Un Chinois n'y verrait aucune différence. On prend votre cousine pour la fille de votre mère ; effectivement elle lui ressemble, et ressemble également à sa mère qui elle-même ressemble à sa sœur, votre mère, et toutes deux ressemblent identiquement à votre grand-mère. Eux sont une famille. Vous, une intruse. Vous pleuriez cet isolement lorsque vos cousins vous présentaient par ce lien suspect. Leurs amis incrédules, le terme de cousine devait être une exagération, il n'avait de familial que la forme d'une affection enfantine. À l'école vos camarades vous dévisageaient, tu es adoptée ? Non, répondiez-vous. Vous ajoutiez que vos souvenirs prenaient place dans la même maison, avec ces deux énergumènes ayant toujours insisté pour être vos parents. Vos explications ne convainquaient personne. Parfois trop fragile, vous craigniez d'avoir perdu la mémoire de votre déracinement. Vous vous rassuriez en parcourant l'album de votre naissance, le lieu crucial de votre arrivée, semble-t-il à l'hôpital Cochin, Paris XIVe. Vous tourniez les pages des photographies de votre mère enceinte, de votre mère à la maternité, vous dans ses bras, à la maternité. Les preuves que votre mère avait accouché. La blouse de l'hôpital, le bracelet au poignet, le teint épuisé, les lunettes de votre père posées sur le coin d'une table. Vous aviez moins mal au ventre, moins envie de pleurer. Toujours ces deux énergumènes. Il n'y a eu qu'eux. Vous étiez désolée de trahir votre mère, de ne pas lui ressembler cela vous rendait moche. Vous pensiez qu'elle avait honte de vous, qu'elle vous aurait préférée comme vos camarades les cheveux fins, lisses, délicatement tressés. Les compliments des uns et des autres sur la beauté de votre mère, sur celle de vos cousins, sur leur ressemblance, c'était l'évidence de votre laideur. Ils se ressemblent tous ; aussi parfaits les uns que les autres. Pas vous. L'uniformisation du beau, pire que le lin, c'est la vomissure de ceux que vous appelez les autres. Vous sursautez, votre cousine vous interpelle, naturellement vous vous excusez, vos pensées étaient dévolues à *Godzilla*. *Godzilla 2*, bien entendu. Celui ayant pour sous-titre, *le roi des monstres*. Il ne s'agirait pas de confondre les créations ; vous ajoutez, le film sorti il y a plusieurs semaines. Il ne s'agirait pas non plus de confondre les années. L'opus de 2019, non celui de 2014. Ou de 1954, ni celui de 1998, pas encore celui de 2021 ; vous trépignez, *Godzilla versus Kong*, le sommet des sommets. Votre cousin rit de votre passion, cependant il regrette de ne pas vous avoir accompagnée, vous avez failli à votre parole de l'emmener. Son reproche vous émeut. Ils vous connaissent si bien. Ils n'auront rien à faire de votre nouvelle identité. Vous vous êtes définie auprès d'eux comme une personne appréciant les films du plus mauvais goût, cela vous caractérise bien mieux que votre hésitante noirceur. Vous entamez votre tirade préférée sur la signification des animaux au cinéma, ce discours vous emporte spontanément vers *Jurassic Park* ; voilà votre famille rassurée. Vous êtes, aujourd'hui, exactement celle que vous devriez être, toujours.

13.

Vous ne parvenez pas à vous endormir, les minutes sont affligeantes de lenteur. Après vous être tournée à gauche, à droite, vous avez tapoté sur l'oreiller ; vous vous êtes aplatie sur le dos ; vous avez insulté la lumière du chargeur ; vous avez survécu à une vidéo d'hypnose. Vous concentrez vos derniers espoirs dans une liste de lecture, *Les Meilleurs Bruits de la pluie pour s'endormir profondément*, votre titre préféré, *Orage du matin dans l'Oregon*, vous vous assoupissez. Coup de tonnerre. L'enregistrement suivant, *Déluge au Canada*, vous fait bondir. Vous désespérez. Identité, identité, identité, identité, identité, identité, identité, vous comptez ses répétitions dans votre discours, cela parviendrait à vous anéantir. Identité, identité, identité, identité, identité, identité, identité, identité jusqu'à ce qu'il perde son sens. Ce mot avait-il une signification avant de l'avoir tordu ? Inventez-en un autre. Malheureuse, vous n'allez pas créer des mots. Vous maîtrisez mal les qualificatifs ordinaires et il n'est pas une heure pour improviser des concepts. Tant pis, cédez au terme. Acceptez qu'il colle à votre énigme. Vous n'avez de zouave que la parole confuse, le mot ne vous identifie pas. Aïe. Le revoilà. Vous ne dormez pas. Pas même un petit peu. Le temps s'agrippe, englué, attaché, accroché à vos tournis. Vous vous êtes juré en vous mettant au lit, le siècle dernier, d'appeler la journaliste au réveil. C'est cette promesse qui excède vos nerfs. Vous pouvez la trahir. Vous êtes l'unique témoin de votre conscience. Une journaliste, deux journalistes, trois journalistes, quatre journalistes, vous sourcillez. Votre cousine est animatrice à la radio, elle seule aurait pu donner votre numéro. Le mystère s'élucide avec une évidente simplicité. Trop facile. Pourquoi ne pas vous avoir avertie ? Vous trépignez, dis Siri, appelle ma cousine sur son portable. *Je ne trouve pas votre cousine dans vos contacts. Pouvez-vous m'indiquer son nom et son prénom ?* Dis Siri, appelle… non, il est 3 heures du matin. Au revoir, merci. Vous ruminez. Qui pourrait être sa collègue journaliste ? Instagram à la rescousse. Soixante-treize mille abonnés au profil de votre cousine, mission avortée. Vous optez pour un message simple, *Appelle-moi dès que tu peux. C'est très urgent, enfin rien de grave. Bonne nuit.* Vous patientez un moment. Silence. Les sons pluvieux vous poussent aux toilettes, c'est l'issue fatidique de cette liste de lecture. Vous n'avez pas le courage de vous lever. Non, c'est non, vous tiendrez jusqu'au matin. Le combat est perdu d'avance. Plein feu dans l'appartement, deux ou trois secondes de patience, le temps de laisser fuir la vermine rampante. Vous soulevez le couvercle, la cuvette vous paraît sale. Le nez dans la fosse, l'endroit est crade. Les crachats du bloc W.-C. se sont pétrifiés avec le calcaire, l'enfer s'est fossilisé en stalactites turquoise. Vous attrapez la brosse à récurer. L'heure, l'heure, 4 heures du matin, avez-vous dit ? C'est un détail, néanmoins vous êtes dérangée par un autre spectacle, la brosse est à moitié noire, à moitié blanche. Elle est divisée en deux. C'est idiot, ni blanche ni noire, l'un et l'autre, la distinction entre les deux couleurs est affreuse. Vous clignez, la coupure est là. Vous vous sentez de nouveau vide, la brosse au bout de la main, c'est ça une identité ? Vous la balancez sur son support. Votre ventre se coupe en deux. La poitrine, le cœur, chaque main est un corps isolé. Le bras gauche, le bras droit, jambe gauche, jambe droite, à gauche c'est noir, à droite c'est blanc. Le nez est blanc, la bouche est noire. L'inverse. Vous êtes immobile. Le visage se fend. Qui est quoi ?

14.

Vous êtes invitée à l'anniversaire de votre amie viennoise, née en Transylvanie, emmenée à deux ans en Autriche, ayant quitté Vienne pour Paris il y a une décennie. L'avenir est limité pour dénicher le cadeau idéal. La journée a commencé tardivement, à cause de votre manie de dormir neuf ou dix heures. Vous avez manqué l'appel de votre cousine. En attendant, vous avez fait un tas de bazar dans votre appartement, avant de conclure au cadeau. Pourquoi pas un film sur la ségrégation aux États-Unis ? Plus personne n'offre de DVD, les lecteurs ont disparu, entassés sur une île paumée, empilés parmi les lecteurs de VHS, les Walkman, les Discman, les lecteurs de minidisques, les postes de radio, technologies désuètes de votre enfance. Vous parcourez la sélection de films à offrir sur iTunes, un lien de téléchargement pour seulement 4,99 euros, envoyé instantanément dans la boîte mail du destinataire. La plateforme a été contaminée par vos recherches, elle ne recommande que des histoires sordides d'esclaves fugitifs, finalement pendus ou décapités. Vous n'imposerez pas vos obsessions à vos derniers amis les plus courageux. Votre monde a rétréci. Il tourne petit, minuscule sur lui-même. Et vous, pauvre pantin aux mouvements étriqués, vous êtes comprimée dans votre boîte. Au secours. Trouvez un cadeau qui n'ait rien à voir avec votre fabrication. Votre silence intérieur est la forme de vie la plus sage.

15.

Ce silence vous contraint.

Vous ne parvenez pas à vous taire. Comment sortir de votre crasse ? Osez le dire, vous êtes un peu italienne. Voilà, une ouverture. Vous respirez. Les grands-parents de votre mère sont italiens. Mieux, que mieux, votre grand-père maternel est né au Maroc. Catastrophe, anciennement une colonie, vous êtes propulsée en France. De l'air, de l'air dans votre boîte. Vous êtes mal à l'aise. Les fenêtres ont disparu, les murs se sont rapprochés, le plafond est bas, vous êtes assaillie. Vous attrapez votre passeport, le seul objet qui vous inscrive par des éléments fiables. Vous êtes née en France. L'information succincte est efficace. Sur la ligne de droite, vous êtes une femme, une autre mentionne votre date de naissance. Vous êtes une femme française de trente et un ans. Merde, en voici un titre horrifique. Vous retirez le terme femme, de nos jours cela ne se dit plus, cela fait mauvais genre. Vous êtes un être vivant, âgé de trente et un ans, c'est une affirmation regrettablement certaine. Votre seule définition concrète se rapporte aux mathématiques, un savoir mesurable, calculable, exempt de toute polémique. Mais de l'air. La vie se referme sur vous. Vous êtes moulue. Vous dites cela, je suis toute moulue. La fenêtre, vous ouvrez la fenêtre, pas celle sans horizon, l'autre qui vise un mur aéré. L'air vous tombe entier sur les épaules. L'homme en face vous observe. Vous le rencontrez par habitude, il travaille dans l'immeuble qui vous regarde. Parfois, il jalouse votre désœuvrement, lui affairé jusqu'au soir. Il tient dans la main un verre peu rempli, deux glaçons flottent sur une rondelle de citron. Vous enviez son alcool, probablement du whisky. Vous rêvez d'en glisser une goutte ou deux dans votre chocolat viennois. Le mot vous ranime. Vienne, l'Autriche, le territoire de votre amie, celle dont il faudrait s'occuper. De nouveau, vous bondissez. Votre terroir à vous, c'est le pays du rhum, un cadeau qui incitera plus subtilement qu'un livre sur la ségrégation à une réflexion sur l'exode. Vous vous précipitez pour appeler les cavistes place de la Madeleine, affichant leur ignorance du rhum haïtien, dont la commercialisation en France est absolument nulle. Vous déplorez la malédiction d'Haïti ; où trouver du rhum Barbancourt à Paris ? Google vous suggère des dizaines de forums où votre question a antérieurement soulevé des déferlements de complaintes, de conseils inutiles et d'insultes. *Prenez le RER B jusqu'à Roissy, montez dans un vol jusqu'à Port-au-Prince et sonnez chez ma cousine.* Vous vous contenterez d'une visite à Château Rouge. Le téléphone sonne. Enfin. Vous hurlez, enfin. Votre cousine est affolée par votre urgence nocturne. Vous la tranquillisez, l'insomnie vous a irritée. Tout va bien, ajoutez-vous. Une journaliste vous a laissé un message qui racontait précisément ceci. Cette femme, vous dites cela, cette femme ne s'est pas présentée. Quelle radio ? Vous répétez, quelle radio, d'une voix perchée. Vous vous demandiez, je me demandais, vous formulez l'accusation avec style, donc je me demandais, si par hasard, évidemment ceci n'est pas un reproche, mais je me demandais, si c'était toi qui lui avais donné mon numéro. Votre cousine hébétée, pas du tout, s'offusque-t-elle. Elle est totalement extérieure à cette affaire, s'étonne que vous puissiez être noire. Par ailleurs, elle n'aurait pas donné vos coordonnées sans permission. Vous déplorez sa politesse. Tu ne me trouves pas un peu noire quand même ? demandez-vous. Un peu, si, mais bon, répond-elle. Attendez qu'elle vous voie avec casquette et lunettes. Vous raccrochez en pleurnichant, faites cinq pas, la largeur de l'appartement, un message à votre géologue. *Aurais-tu dit à une journaliste que j'étais noire ?* C'est envoyé. Vous relisez trop tard. Quel carnage, dites-vous. *Non. Tu es noire ?* répond-il. *Ça dépend des jours*, écrivez-vous.

16.

Vous avez perdu l'espoir d'une vie normale. Le cauchemar vous a réveillée avec des sueurs froides, des pâtes avaient remplacé vos cheveux. Des dizaines de spaghettis crus attachés à votre crâne, ce changement n'est pas à votre avantage. Cette horreur vous repose de l'autre, un jour, il faudra rappeler la journaliste. Son message vous hante matin et soir, il s'affiche sur l'heure, se cramponne à votre corps, se glisse sous la douche, casse votre sommeil, cette femme vous la détestez. Vous regrettez le temps où vous n'étiez pas autre chose qu'une tortue, la vie était simple, frivole, sans intérêt, à l'abri de toute déconvenue. Maintenant vous êtes étranglée. *Je me suis renseignée. Ton* émission *serait un podcast en préparation pour France Autre. Voici le lien vers le compte LinkedIn de la journaliste. Il paraît qu'elle est très sympathique. P.-S. : elle n'est pas plus noire que toi, alors détends-toi.* Vous soupirez. Merci cousine. Internet toujours. Votre journaliste, en images, une femme d'environ quarante ans. En effet, pas noire. Si toutefois les gens ont l'air d'être ce qu'ils sont. Vous inspectez l'extérieur, non, non, non, pas celui de la cour flétrie, l'autre. La froideur de l'appel prend soudainement l'apparence d'un visage, d'un corps, d'une histoire. Vous désirez faire partie de cette humanité, rappeler la journaliste pour lui dire que vous n'êtes pas un reptile. *Passe me voir demain à Radio France, je tâcherai de te la présenter*, envoie votre cousine. Vous applaudissez, ode à la vie. Un début, un milieu, une fin. Bientôt. Ouf. Vous vous concentrez sur le présent, celui qui vous mène à Château Rouge. Vous marchez en direction de Pyramides, pourquoi Pyramides au pluriel ? Celles du Louvre sans doute, pourtant un peu éloignées. Vous perdez le fil de votre argument, changez de métro à Gare de l'Est pour rejoindre la 4, une ligne que vous ne prenez plus depuis que vous avez quitté le lycée Montaigne. Cette ligne frôle le Ve arrondissement sans y pénétrer, c'est une proximité supportable. Vous sortez de la rame, votre destination se trouve 31, rue des Poissonniers. Vous marchez rue Poulet, tournez à droite, à gauche, vous êtes arrivée devant *Haïti Grand Market*. L'intérieur de la boutique est minuscule, vous vous faufilez entre les poissons séchés. Cinq ou six femmes s'entretiennent avec celui que vous avez jugé par son sexe, selon votre analyse primaire, être le propriétaire de la boutique. Vous ne comprenez pas le créole haïtien, vous écrivez cela comme si vous étiez familière d'un autre type de créole. Vous attendez votre tour, néanmoins intriguée par la bizarrerie de la scène. Ces femmes parlent toutes ensemble, parfois toutes à la fois. Lui, l'homme propriétaire, répond immobile. Vous souhaiteriez le voir aller et venir dans l'arrière-boutique, chercher un produit ou un autre, taper des chiffres sur sa caisse de petit homme possédant une petite boutique, un petit pouvoir de mettre des billets dans un tiroir-caisse, son tiroir-caisse. Vous n'interrompez pas. L'homme, celui qui fait de vous une femme, déplie un tabouret et s'y assied. C'est de pire en pire. Il est là pour converser, désintéressé par le commerce. Vous aimeriez parler créole, à cet instant le créole est l'urgence de votre pauvre existence. Le latin, le grec, l'allemand, l'anglais, ces langues que vous vous êtes coltinées puis qui sont mortes à Château Rouge. Vous scrutez le plafond. Cette boutique est d'un genre que vous évitiez. Du genre qui manque d'air et de stabilité. Les aliments sont éparpillés, les empilements de conserves, disons-le, inquiétants. Pour attraper le lait concentré, il faudrait renoncer à la forme pyramidale du rangement des pois chiches, implorer l'attraction des corps, que le jus de tomate ne vous dégringole pas sur la bobine. Vous-même reposez sur un équilibre précaire entre fruits et légumes. L'exotisme de votre recoin était préférable à celui des morues. Dans votre rayon, les perspectives sont alléchantes. Celle-ci par exemple, une belle noix de coco à la chair nourrissante, vous adorez son jus à cuisiner dans un plat, à boire en dessert. Bon. Vous ne supportez plus d'être rangée entre deux étals, vous ne pourrez pas broder infiniment sur les arbres fruitiers. Vous faites plusieurs pas à gauche, à droite, vous effectuez un roulement sur vous-même. Un pas à gauche, un pas à droite, un devant, un derrière. Pareil à gauche, à droite, devant, vous heurtez une dame. Vous vous excusez, semblez aussi confuse que surprise, cependant votre mascarade est un succès. Le propriétaire, celui reposant sur un tabouret dont la position unique assied son autorité, vous adresse enfin une salutation. Cet échange, vous en avez rêvé pendant trente minutes. Une bouteille de rhum Barbancourt, s'il vous plaît. Ces dames, ou, d'ailleurs, ses dames, vous scrutent. Lui vous demande quel âge. Quel âge pour le rhum ? Vous n'en avez pas la moindre idée, Monsieur, il s'agit d'un cadeau pour mon amie viennoise. La femme de gauche hurle son dégoût pour le schnaps, elle agite ses bras en alternances saccadées, dessine une grimace élaborée ; l'homme désormais levé, un bras sur la hanche, l'autre accoudé au mur, une posture de propriétaire, répond comme un homme propriétaire que le schnaps n'est pas affaire de femme. Vous le vomissez. Une dame l'insulte en créole, l'injure est évidente dans toutes les langues. Les cinq ou six s'esclaffent, l'homme qui par son attitude écrasante est devenu sa propre farce se réfugie, vexé, dans l'arrière-boutique. Vous leur faites un clin d'œil. Le nigaud revient en brandissant une bouteille, vingt ans d'âge. Son usure vous paraît acceptable. Ce sont les deux tiers de votre vie, si les deux tiers de votre vie étaient enfermés dans une bouteille, elle aurait un drôle de goût. Vous réclamez un emballage cadeau, c'est pour offrir, insistez-vous. Le nigaud retourne dans la réserve et vous rapporte un sac plastique. Vous prenez pitié de son enthousiasme et sortez. Quelle journée, vous dites cela, quelle journée, vous avez contribué à l'accroissement du commerce d'Haïti en France, soutenu l'exportation du rhum haïtien en Europe. Vous tenez dans vos mains une bouteille arrivée de votre île par bateau, vous l'emprisonnez entre vos doigts ; cet objet est ce qui existe de plus haïtien chez vous.

17.

Vous virevoltez depuis treize minutes devant l'immensité de Radio France, la porte H introuvable. Un vigile vous prend en pitié, suivez-moi, dit-il. Vous sentez votre cœur, c'est dérangeant comme il frappe, il bat toujours si fort ? Votre estomac à la renverse, vous vous apprêtez à vivre un extrême inconfort. Vous détestez rencontrer des inconnus, malheureusement cette entrevue est la seule libération possible. Le jour de l'appel doit s'achever. Un début, un milieu, une fin. Le vigile vous lâche aux ascenseurs. Au revoir, dites-vous avec un grand sourire, vous faites bien semblant. Direction huitième étage, les portes s'ouvrent. Vous êtes malade. En proie au malaise. Le front suant, le vomissement proche. La réceptionniste vous dévisage. Oui, demande-t-elle. Bien, vous avez rendez-vous ici, ici même, avec votre cousine pour rencontrer la journaliste qui vous a invitée à témoigner dans son podcast. D'abord, votre cousine, c'est qui ? Elle a dit cela d'une mine dégoûtée, comme la vôtre devant un fruit pourri. Bien, bien, vous expliquez. Elle vous regarde sans aucune forme de respect, vous jette un dossier à parapher. Vous arborez votre plus belle écriture, cette dame vous effraie. Ah, hurle-t-elle. Vous avez frôlé la crise cardiaque. Vous êtes gauchère ? Vous acquiescez timidement. Vous êtes là pour l'émission ? demande-t-elle. Si vous dites non, elle vous tue, oui, oui, vous confirmez. Vous auriez pu le dire plus tôt, s'exclame-t-elle. Deuxième formulaire à la gueule, remplissez ça. Oui, Madame. Vous signez partout, chaque page, sans lire un mot, vous êtes sous pression. Suivez-moi, dit-elle. Oui, Madame, vous trottez. Elle ouvre une porte, derrière, votre journaliste telle qu'elle apparaissait en images. Voici l'autre, dit la réceptionniste. Vous êtes gênée : l'autre ? C'est assez austère, naturellement moins encombrant que l'évidence, voici l'autre noir. La journaliste se lève et vous salue. Vous êtes désolée, je suis désolée, vous présentez vos excuses, j'aurais dû vous rappeler, mais je n'étais pas encore noire. Silence. Oups. Cette manie que vous avez de dire les choses par leurs mots. Elle vous demande si vous êtes déjà intervenue à la radio, vous dites, non. Elle vous décrit le tournage, ce sera un enregistrement dans les conditions du direct, l'émission commencera dans cinq minutes. Vous attendrez dans le couloir qu'on vous fasse signe d'entrer. Comment cela l'émission commence dans cinq minutes ? Oui, c'est aujourd'hui, c'est bien pour ça que vous êtes ici ? Vous confirmez sous l'emprise de la terreur. Oui, Madame. Vous demandez les toilettes, jambes tremblantes. C'est un cauchemar, vous dites cela, je suis ligotée, bâillonnée, terrassée, je me meurs. Respirez, vous respirez. Inspire, expire, inspire, expire. Tout va bien, vous n'êtes pas une tortue. Dans une heure vous serez débarrassée de la journaliste, de l'émission, de devoir être noire, la casquette, les lunettes, votre attirail à la poubelle. Mais vous n'avez pas d'histoire, pas plus aujourd'hui qu'il y a dix jours, pas une seule petite anecdote. Inspire, expire, inspire, expire. C'est l'heure. Vous retournez devant le studio, la lampe rouge vous ordonne de rester dehors. En attendant, vous sortez votre portable. Message à votre cousine, *Désolée, je n'ai pas pu rester à l'accueil, l'émission c'est maintenant. Je tourne dans 5 minutes, on s'appelle ce soir.* La porte s'entrebâille doucement, une main vous invite à entrer. À la table votre journaliste, à sa droite un type, lunettes en bois, mitaines trouées, pull asymétrique, une allure de vedette. Plus blanc que votre carrelage, cet homme a grandi dans une cave. Vous êtes carrément noire à côté. La journaliste se tourne vers vous, après ce premier témoignage passionnant, voici notre seconde intervenante, bienvenue sur le plateau et merci de votre participation, que signifie pour vous la discrimination ? Vous déglutissez. Les carreaux de mousse sur le mur, le mur est moelleux, doux, gris, il fait silence de vos peurs. Vous ouvrez la bouche, la discrimination c'est l'horreur du quotidien, l'enfer d'une exclusion insidieuse et récurrente. La vedette observe votre manège avec dédain, il vous a flanqué aux ordures. C'est une forme d'isolement ? ajoute la journaliste. Oui, tout à fait, reprenez-vous. Comment expliquez-vous aujourd'hui, au XXIe siècle, alors que les luttes contre les injustices ont permis d'immenses progrès, que cette discrimination spécifique soit si persistante ? Vous ne pensiez pas être venue ici pour réfléchir, vous régurgitez les bribes de vos cours à la Sorbonne. Un peu de Lévi-Strauss, pourquoi pas Durkheim, la phrénologie, ah oui, excellente idée, la phrénologie. Vous bavardez, l'air de rien, vous vous laissez envahir par la conviction d'être plus noire que le voisin. La journaliste vous remercie, l'émission est terminée. Professionnelle, vous saluez l'équipe, attrapez votre sac et fuyez. Vous gambadez jusqu'à la sortie, au revoir au tyran. Fini les idées noires, adieu les nuits blanches.

18.

Vous n'avez pas dormi une minute. Vous avez reconstitué seconde par seconde le déroulement de l'émission, vos interventions stupides, le regard désabusé de la vedette, vous avez fantasmé d'autres réponses, la déception a lapidé vos muscles. Vous n'êtes pas libérée, désormais vous êtes ficelée à un enregistrement, à une trace indéfectible, votre voix attachée à ce fardeau. Vous êtes emprisonnée comme jamais, vos questions laissées en suspens, qui est cette journaliste, qui lui a donné votre numéro ? Dans votre élan, vous avez déserté le plateau précipitamment. Et vous êtes, aujourd'hui, dans un état plus piteux qu'hier. Oui, tout est archinul, mais en pire. À votre montre il est minuit, vous attendez le début d'un concert à l'Olympia, votre chanteur a maintenant un jour de retard. Vous êtes avec votre amie lavalloise, le climat nordique imprimé sur la peau, toutefois sa fascination pour le Sud l'éloigne de sa ville natale, Laval. Pour calmer l'impatience, elle vous présente le programme d'un festival de jazz. À cette date, le concert d'un groupe malien. Vous acquiescez bêtement, vous êtes ignorante de toute chose appartenant au soleil. Votre culture est une culture parisienne, française, européenne, d'Europe du Nord, nuageuse, pluvieuse, grisonnante, une éducation magnifique et sinistre de froideur. Enthousiasmée par votre géographie, vous aimez l'hiver, l'automne, vous détestez la chaleur, les climats humides ; vous vous ravissez de découvrir le ciel saturé, enchantée de sentir le vent exalter vos sens. Ça c'est la vie. La vie européenne, d'Europe du Nord, soutenant l'illusion du chaos nécessaire à l'œuvre poétique. Pourtant, pourtant, pourtant cela est faux. Voyez Hemingway sur son caillou, le nez au soleil, l'orteil à la mer, l'alcool au coin des lèvres. Vous avez vu, de vos yeux vu, sa maison à Key West, la remémoration de la guerre civile espagnole s'est tenue en ces lieux. Votre Lavalloise a compris que la culture européenne, d'Europe du Nord, se rapporte à une sinistrose qu'il faut rompre par quelque passion méridionale. Vous irez donc écouter Oumou Sangaré et Kokoroko. Malgré l'absence d'un lien immédiat ou tarabiscoté avec l'Afrique, le Mali suscite une tendresse amicale. Minuit dix, vous dérapez. Tu trouves que je suis noire, demandez-vous. Vous courbez légèrement la visière de votre casquette. C'était ce soir ou jamais, vous veniez à l'Olympia écouter du rap. Votre Lavalloise vous inspecte, pas plus que d'habitude, répond-elle. Par hasard, tu n'aurais pas donné mon numéro à une journaliste en disant que j'étais noire ? Votre Lavalloise est perdue. Vous lui racontez le jour de l'appel, vos lectures nommées recherches, le passage à Radio Autre, elle est effarée. Elle jure que ce n'est pas elle. Vous la croyez. Pourtant quelqu'un a donné votre numéro, qui est votre menteur ? Votre Lavalloise est survoltée. Comment osez-vous douter d'elle ? Très bien, dites-vous. D'ailleurs, précise-t-elle, elle n'a aucun ami noir. En bref, elle n'en a que faire tant que vous restez de bonne compagnie. Vous la remerciez de ces précisions, vérifiez l'heure. Vous êtes au bord de la rupture. Vous implorez l'Olympe, que le concert commence ! Qu'avez-vous fait pour mériter un tel supplice ? Vous aimez la musique, vous dites cela, j'aime la musique. Certes, vous aimeriez la connaître davantage, celle de votre oncle, la comprendre davantage. Votre oncle, non le géologue, l'autre frère de votre père, pianiste, compositeur d'un jazz déconfiné. Il se pointait chez vous au hasard de la vie, l'allure mélodique, bagues aux doigts, crâne rasé, la dégaine nonchalante, avant le piano, il était déjà musicien. Durant l'adolescence vous écoutiez les horreurs des années 1990, un peu tard, le jazz. Pas son jazz, pas celui de votre pianiste, vous étiez d'abord fascinée par le New Orleans, détrôné par Bill Evans. C'est le mari de votre amie vous ayant offert la table de nuit, etc., qui vous avait donné son disque *You Must Believe in Spring*. Durant plusieurs années vous n'éprouviez aucun désir d'écouter un autre album. Bill Evans avait atteint l'équilibre absolu. Oui, vous répondriez à cette question idiote, *You Must Believe in Spring* est le seul disque que vous emporteriez sur une île déserte. Tout n'a pas capoté après Bill Evans, il y a eu le rap. Le hip-hop, le trap, un courant à l'intérieur du courant, vous n'êtes pas experte. Au milieu du désordre, votre oncle. Une mélodie joyeuse et nostalgique dans laquelle vous baladiez votre tristesse. Allongée dans votre salon, vous écoutiez ses notes jusqu'à les égarer dans l'inconnu de votre passé. Vous fermiez les yeux, bercée par votre île. C'est là qu'elle fut écrite, sa musique. La musique de votre oncle, née sous votre soleil, près de votre mer, dans la maison d'Ima, improvisée chez un ami. Elle vous saisit au plus près d'Haïti, aussi furieusement qu'elle vous éloigne par le silence de votre imaginaire mort. Vous rêviez les valses de votre grand-mère, son fils débarquait clavier sous le bras, on s'animait. Sous la véranda. La fête, c'était sous la véranda. Au tomber, après la chaleur, alcool, pas d'alcool, on applaudit votre oncle. Les voisins en fanfare, leur fils à l'harmonica, gloire à la trompette, triomphe aux percussions. Bravo. On s'éternise. Une autre. Deux autres, trois autres. On traîne. L'enthousiasme dure. On s'éveille en dansant. Ima, son fils, votre oncle, son autre fils, votre géologue, tous à l'autre bout du monde. Pourquoi n'êtes-vous jamais allée là-bas ? Vous remplissiez, vous continuez de remplir ce trou, de boucher les manques par vos inventions. Vous êtes en deçà de votre propre vie, ignorante du passé, inapte au présent. Pourquoi êtes-vous plantée à l'Olympia, depuis deux jours ? Vous avez sacrifié votre temps dans l'attente. Tant d'heures gâchées à contempler une scène close, vous auriez pu fuir en Haïti sous votre véranda. Soudain, le noir. Les lettres de votre chanteur imprimées sur l'écran, *Theophilus London*. Votre rappeur s'élance, la batterie s'emballe, vous êtes charmée. Theophilus London est né à Trinité-et-Tobago, avant de quitter son île pour s'installer à Brooklyn. Cet homme est fidèle à sa musique, jazz, rap, deux sonorités noires qui renouvelées ensemble forment la réussite du XXIe siècle. Vous faites tournoyer votre casquette, les yeux fermés, vous êtes loin. La musique est proche, toute proche votre véranda. Où est votre oncle ? Ima ? La salle bouge à leur rythme. L'air est humide, vos mouvements libres du corps. Vous vous sentez mieux d'avoir dansé ici. Vous sortez de l'Olympia, et remerciez votre amie de ne pas s'être agacée de votre ignorance. Debout sur une marche de l'amphithéâtre, je ne suis jamais allée en Haïti. Cette honte vous ronge les intestins, elle s'est logée dans votre corps, elle abuse de vos muscles, vous paralyse en profondeur. Je les hais, ces étudiants de merde. Ces prétendus chercheurs. Quel voyage, quel voyage extraordinaire, disaient-ils. Imbéciles. Ils n'ont qu'à essayer de se promener avec un trou dans le ventre. Je ne suis jamais allée en Haïti, ça me brise les os, dites-vous. Votre amie vous répond que vous ne manquez pas de curiosité. Vous êtes fine connaisseuse des bestioles nommées poissons d'argent, cet intérêt aurait selon elle viré à l'obsession. Vous êtes hautement renseignée en produits anticalcaires, c'est une rareté ; vous pouvez détailler le triste sort du paquebot *Normandie*, décédé USS *Lafayette*. Vous riez. Votre amie vous salue, vous sautillez vers le bus. Seule à bord vous êtes royalement installée, avachie sur votre siège. Le carrosse s'arrête, vous espériez qu'il file droit à Opéra. Votre contrariété est un homme qui rôde vers votre résidence. Il pose la main sur l'autre rangée, se ravise avant de s'asseoir en face de vous. Vous êtes en rage. Aux alentours, toutes les places sont vides. Vous soupirez bruyamment, attrapez votre sac pour vous éclipser deux rangs derrière. L'homme hurle, c'est parce que je suis noir, espèce de sale conne ? Il ne manquait plus que ça. Sale conne passe encore, c'est acceptable d'être une sale conne à cette heure-ci, quoique le plus con de vous deux ce soit lui à vous asphyxier dans un bus vide. En revanche, l'autre accusation ne vous revient pas. Vous répondez, c'est idiot, vous ne voyez pas que je suis noire ? L'homme, époustouflé, éclate de rire. Vous froncez les sourcils. C'est la meilleure, la fille croit qu'elle est noire, hurle-t-il. Pour conforter votre humiliation, l'homme vous mime. C'est la meilleure, la fille croit qu'elle est noire, en gesticulant. Vous avez un peu envie de rire, ce loustic vous imite très bien, à force d'entendre votre phrase vous vous trouvez minable. Vous ajustez votre casquette et venez vous asseoir en face de cette andouille. Il arrête de rire, un peu surpris. Je ne suis pas noire ? demandez-vous. Non, répond-il. Et la casquette ? Quoi, la casquette, s'étonne-t-il. Qu'a-t-il fait, lui, de si génial pour être plus noir que vous ? Vous sortez votre portable, le message de la journaliste sur haut-parleur. On vous demande à la radio. Si cet homme avait un doute, vous vous désignez du doigt, moi dites-vous. Vous continuez, oui, Monsieur, hier j'ai témoigné dans une émission, moi, pas vous, moi. Mais Madame, dit-il, noir c'est la misère et vous, vous ne faites pas pitié. Là devant lui vous êtes inerte, le cœur meurtri. Noir, c'est la misère. Pardonnez-moi, dites-vous. Le bus s'arrête, vous descendez tête baissée. Seule avenue de l'Opéra, vous vous écroulez sur un banc, noir c'est la misère. Votre corps est glacial. La vérité se resserre sur vous. Sur votre petit mensonge. Haïti disparaît, écrasé par l'Opéra qui jouit sous vos yeux. Vous êtes ce qui domine ici, taisez-vous un peu. Vous regardez vos mains, elles ne sont pas haïtiennes ; vous pincez votre peau, même pas mal. Là-bas, c'est la misère. Ici l'Opéra. Lui aussi qu'il se taise. La vérité ce n'est ni lui ni vous. Demain vous appellerez la journaliste, elle doit entendre cet homme. Votre histoire s'arrête ce soir. Un début, un milieu, une fin.

19.

Vous êtes de très mauvaise humeur. Comment osez-vous abandonner? Ces questions vous ont mise dans un sacré merdier. Un nid à bouse cette histoire d'identité. Hier soir c'était trop lourd, trop violent, trop décourageant. Vous ne supportez plus d'être à la merci des gens. Un jour vous êtes noire, le lendemain on s'en moque. Les autres sont les moins fiables de tous. Mais cet homme, cet homme a enfin posé une vérité, et vous, vous vous défilez. Vous vous êtes endormie écœurée par votre lâcheté, ensuite votre rage s'est étendue au reste de l'humanité. Vous vous êtes secouée au milieu de la nuit, où vous avez entrepris d'arracher un bouton incrusté entre vos sourcils, une sorte de troisième œil. Résignée, vous êtes retournée vous coucher. Ce matin vous êtes fortement contrariée, vous êtes truffée d'erreurs. Le bricolage génétique qui vous a fait naître est un échec. Incapable de piocher dignement en Italie, vous auriez eu le teint plus jovial, les cheveux denses, le sourcil déterminé. Non, vous êtes pourvue des gènes blanc de blanc de votre mère. La cellulite, le cheveu cassant, vaguement gras, la jambe estampée de bleus, le pied plat. Aussi hasardeuse que soit la biologie, votre conception est un fiasco. Ce sont vos cheveux qui gagnent le trophée du ratage. Fins mais bouclés, plats sur le crâne, frisés dans la nuque, raides sur le devant, l'ensemble sème la confusion. Petite, le dimanche c'était le grand chambardement, votre mère s'attaquait au démêlage, vous trimbaliez vos cheveux libres. Les autres jours, pressée par l'école, vous les attachiez. Je les hais, vous répétez cela régulièrement que vous détestez vos cheveux. Je les déteste, je les déteste, je les déteste, je donnerais tout pour les changer. Votre souhait n'a pas franchement été exaucé, le mieux qu'on vous ait conseillé c'est votre tante qui vous l'a soufflé. L'unique sœur de votre père, la seule personne affectée par vos déboires. I hate my hair, it's killing me, avez-vous pleurniché. Elle vous a prêté sa brosse et son sèche-cheveux, cette révolution vous a laissé croire en une justice, vous tirez donc sur vos boucles depuis quinze ans. Le brushing vous a sauvée, dorénavant vous avez d'autres problèmes. L'humidité est devenue votre première angoisse. Vous transportez dans votre sac un parapluie, un bonnet en plastique, vous nagez prudemment la tête dressée, l'essentiel tient dans la survie du lissage. Vous aviez déguerpi après qu'une amie s'était amusée à vous balancer un verre d'eau à la figure. D'abord vous êtes restée immobile, les os tenaillés par la pression, vous ne parveniez pas à hurler et à pleurer en même temps. Cette violence vous mettait à nu, toute nue devant vos amis, je suis confuse et toute nue. Vos cheveux ont commencé à gondoler, pardon qu'ils soient si laids, avez-vous dit. Voilà, vous avez trente et un ans, vous dénoncez une malfaçon alors que l'escroc, c'est vous. Vous vous ruez dans la douche en vous déshabillant. Une profonde respiration, vous ouvrez l'eau. Les gouttes ruissellent partout sur le mensonge, elles démolissent la tromperie. Ce sont vos cheveux. Vous continuez, ce sont mes cheveux. Les produits antiboucles, lissants, disciplinants, à la poubelle. La journée est saine. Il règne une singulière atmosphère d'harmonie entre vous et vous-même. Vous entamez les stupides tâches de la journée. Ranger la vaisselle, border le lit, éponger la salle de bains, nettoyer la litière ; vous passez devant le miroir de votre salon, ébahie par votre allure, vous vous fixez. Vos boucles sont rangées, elles se livrent timidement aux pointes. Vous les avez usées avec une telle insistance qu'elles résistent à se déployer dignement. Vous n'êtes pas sans espoir. Vous tapez sur YouTube, comment créer des boucles avec un fer à lisser. Vous suivez minutieusement les instructions, le geste vous paraît bête mais vous persistez. Le résultat est nul. Vous ressemblez plutôt à Louis XVI qu'à vous-même. Aucune chevelure naturelle n'a une pareille symétrie. Vous êtes dégoûtée. Ce mensonge est pire que le précédent. Vos boucles ne sont pas les bonnes. Vous penchez la tête à droite, à gauche, elles bougent à peine. Ce qu'il y a de bien quand on vieillit, c'est qu'on peut décider d'en arrêter là avec ses délires. Vous cherchez sur YouTube, comment être frisée quand on l'est déjà ? Vous êtes perturbée par une notification qui flotte sur l'écran. Vous avez un reçu un e-mail de votre cousine. *Coucou, j'ai obtenu l'enregistrement avant la diffusion de l'émission. Écoute, on en parlera après.* La fin du message vous triture l'estomac. Vous cliquez sur le lien. *Bonjour à tous, pour débuter la série de notre nouveau podcast, nous allons d'abord parler d'une souffrance peu évoquée, mais non moins violente, la discrimination ordinaire contre les gauchers.* Vous interrompez. Oh non. Non, non, non, non, non, non, vous secouez la tête, non, non, non, non, non. Vous souriez bêtement, non, non, non, non, non. *Nous recevrons aujourd'hui deux témoins, victimes quotidiennes du rejet.* Avance rapide, *oui, c'est très important pour moi de venir parler de ce sujet qu'on évoque très peu. Pourtant depuis l'enfance je suis stigmatisé, écarté, moqué à cause de ma différence, d'abord dans l'apprentissage de l'écriture, puis dans les arts plastiques. Aucun outil n'a été pensé pour nous. La vie est faite pour les droitiers.* Et voici la vedette. Dix minutes plus tard, *la discrimination c'est l'horreur du quotidien, l'enfer d'une exclusion insidieuse et récurrente*, ah, vous hurlez en vous bouchant les oreilles. Le son de votre voix mêlé à votre idiotie, c'est chose intolérable. Vous quittez la boîte mail, éteignez l'ordinateur, vous vous effondrez sur le canapé, totalement ahurie. Le fil des événements vous hante, le monstre de l'accueil, *vous êtes gauchère ?* Et vous ignare, acquiesçant. Vous aimeriez prendre l'avion vers la destination la plus lointaine, vous encroûter dans la rase campagne, oublier la ville, elle qui vous avale et vous recrache par lambeaux. Vous écrivez à votre cousine, *J'ai entendu. C'est une catastrophe. Rends-moi un service, n'en parle à personne. Jamais.* Vous observez votre main droite, la cicatrice sur votre poignet, vous êtes devenue gauchère par contrariété. Quelle connerie, dites-vous. À la prochaine désillusion vous reprenez la droite. *Oui, promis. Mais c'était pas mal du tout, tu étais plutôt convaincante en martyre de la gauche ! Dire que tu n'es même pas vraiment gauchère.* Votre cousine a raison, vous n'êtes pas vraiment quoi que ce soit. Pas noire sans casquette, pas gauchère sans accident. Pas même une foutue tortue de boue.

20.

Votre expérience de la veille aura permis d'établir une nouvelle vérité, vous préférez être noire que gauchère. Vous ne pensiez pas en arriver là, mais chaque certitude est un progrès. Réconfortée, vous avez terminé vos lectures. Vous êtes aussi démoralisée qu'après les films sur la ségrégation, ou la vérité du bus. La plupart des récits se déroulent dans le sud des États-Unis. Ces paysages de la moiteur suggèrent une impression contradictoire d'étendues verdoyantes propices à la vie, plombées d'une humidité moribonde. C'est une atmosphère malsaine, une asphyxie lente et pénible. Vous vous attachez à cette sensation fiévreuse, à la pourriture de l'eau stagnante qui vous vide doucement de votre souffle, vous macérez dans une agonie longue et sournoise. Vous l'aimez bien ce Sud. Votre mère a vécu en Caroline du Nord, votre tante, l'unique sœur de votre père, vit dans l'État de Géorgie, sa fille aînée a étudié en Alabama, la seconde dans le Mississippi. Vous avez déambulé d'un État à l'autre insensible aux frontières. Vous vous étiez réveillée chez votre mère à Blowing Rock, 150 kilomètres plus tard vous voici attablées dans le Tennessee sous une cabane de rondins. Perché au milieu d'une forêt, un restaurant à menu unique, sirop d'érable ruisselant sur monticule de pancakes. Cette parenthèse n'a aucun rapport avec vos récits d'esclaves, la ressemblance avec vos livres se limite à la nature. Vous voyez l'immense plaine en bas de Kennesaw Mountain, une des batailles de la guerre de Sécession durant la campagne d'Atlanta ; on peut y courir, pratiquer la randonnée, vous vous êtes contentée d'une courte promenade. Vous avez donc rangé la pile de livres dans votre bibliothèque, la suite de vos lectures attend en librairie. Vous griffonnez des titres sur votre liste, en évitant scrupuleusement les ouvrages de développement personnel. Sur votre question, ils abondent. YouTube aussi regorge de vidéos vous enseignant comment ne pas être raciste, comment expliquer à vos amis qu'ils sont racistes sans leur faire de la peine, comment être blanc sans l'être trop, comment, peu importe ce que vous ferez, vous resterez un gros tas de soupe. Leurs explications sont à pleurer de rire. Ou à se pendre. Peut-être les deux. Vous n'avez plus de temps pour l'un ou l'autre, votre mère vous salue, bonjour, bonjour. En ouvrant la porte, elle s'étonne de vos cheveux. Vos boucles n'étaient qu'une impression attendrie de votre dizaine. Elle s'en réjouit, vous lui rappelez la silhouette qu'elle admirait de votre enfance. Vous l'avez appelée pour grappiller des connaissances sur la nourriture haïtienne, une fois par an, elle cuisine le plat de votre île. Vous avez avalé son riz aux pois collés dans une indifférence absolue, sans aucune marque de curiosité. L'île de votre mère, celle qu'elle a connue neuf mois avant votre naissance, n'existe plus. Elle s'est dilapidée, vous soutenez cela malgré votre ignorance du paysage d'avant, de celui d'après. Ce n'est pas un changement, pas comme la métamorphose du boulevard Beaumarchais devenu un quartier prétentieux, votre pays a été ravagé année après année. Non seulement par le tremblement, par une destruction intérieure progressive et acharnée. Beaumarchais lentement démembré, chacune de ses articulations éclatée, effritée, ses entrailles arrachées, puis démolies dans une ultime convulsion. Votre mère ne doit jamais revoir Haïti, c'est à travers sa mémoire que se prolonge votre fantasme. L'illusion est vitale, vous dites cela, j'ai besoin de sa plage, de ses montagnes, de l'air qu'elle a respiré, du sol qu'elle a touché, oui, j'ai besoin de la fureur de sa vie. Que l'île demeure inchangée dans le spectacle de votre mère, le sable brûlant, les racines ancrées dans la terre, l'existence se déploie telle qu'elle était neuf mois avant votre naissance. C'était votre première forme d'existence d'avoir été là-bas. Vos parents jeunes mariés, plus jeunes que vous ne l'êtes aujourd'hui, vous étiez tous les trois, ensemble chez Ima. Un jour, nous fûmes tous les trois en Haïti, dites-vous. Vous répéteriez cette phrase infiniment, chaque fois elle vous sauve. Nous trois ; nous tous les trois, ensemble tous les trois, en Haïti. La vie n'a pas été uniquement celle de Paris, de l'Europe du Nord, celle du Ve arrondissement, la vie n'a pas toujours été celle qu'elle est, Haïti n'a pas toujours été celle qu'elle est. Finalement tout a moisi. Votre île, votre vie à trois, tout s'est progressivement délité, seul le riz aux pois collés a survécu. L'objet de votre visite, sujet excitant pour deux femmes passionnées par l'art de la table. Un peu ironique pourtant votre ensoleillement vient du père. Vous vous complaisez dans des schémas antiques. Ou alors c'est vous l'antiquité, celle qui veut nommer un chat un chat. Si la disparition des genres s'avère, votre problème se résout. Vous serez libérée de l'organisation parentale classique, vous n'avez eu ni maman ni papa, ou alors l'un était l'autre, voilà, soit le dilemme résolu. Donc votre mère, faisons simple, sort d'un placard une enveloppe en papier kraft et s'assied à vos côtés. Vous reconnaissez son écriture au crayon presque effacée par l'usure. Elle entame sa lecture, le griot avec riz collé aux pois rouges. Beaucoup de porc, beaucoup de riz, pas mal d'oignons, un peu de piment, bien graisser la poêle, quelques citrons. Vous interrompez, il n'y a pas de mesures ? Non. Vous vous grattez la tête. Beaucoup, un peu, quelques, ces quantités ne vous disent pas grand-chose. Comment Ima pouvait-elle espérer qu'en France, un pays de gratte-papier, vous supporteriez autant d'approximation ? Vous scrutez son papier. Votre mère n'est pas du genre à gribouiller sur une enveloppe, ni à la conserver pendant trente-trois ans. C'est bien que votre mère n'était pas la même, car elle ne pouvait pas être là-bas celle qu'elle est ici. Cette pensée vous obsède. Votre mère à vingt-sept ans, enceinte d'un petit pois, différent du pois au riz collé, peut-être assise sous la véranda crayon à la main, beaucoup de porc, écrivait-elle sur son enveloppe en papier kraft ; pourquoi n'êtes-vous pas cette personne ? Pas même un jour, une heure, une seule seconde, vous n'avez jamais été sur votre île avec votre Ima. Votre mère a été celle que vous n'êtes pas, pourtant elle avait moins de rapport avec Haïti que vous, au mieux elle avait un lien avec l'Italie de sa mère, le Maroc français de son père. Elle a dû s'opposer aux autres, aux Européens, de l'Europe du Nord, racontant des histoires en tout genre, du genre où les touristes disparaissent, enlevés pour trois sous. Non seulement elle est partie, elle est revenue avec un pois collé au ventre et une enveloppe en papier kraft. Votre mère assise sur un tabouret, votre grand-mère remuant une casserole ou une autre. Vous n'étiez pas plus grosse qu'un grain de riz, vous voilà trente-deux ans plus tard, Ima absente de sa propre recette. Vous observez votre mère, elle est paisible. C'est pourtant d'elle qu'il s'agit, surtout d'elle, elle qui fut là-bas le lien solide qui subsiste de votre passé. Vous ne verrez pas votre grand-mère sur son île, vous l'avez laissée mourir comme si vous n'aviez pas d'autre choix. C'est un carnage, dites-vous. Une aiguille qui vous transperce doucement le cœur, elle pique, s'enfonce dans les chairs, se raidit au centre, c'est un carnage, répétez-vous. Vous fixez votre mère, elle est obnubilée par l'idée qu'il est impossible de faire une recette exotique en France. Les produits ne sont pas les mêmes, les ingrédients n'ont pas de goût, elle l'a rabâché quatre fois, tu n'obtiendras pas un vrai riz aux pois collés. C'est agaçant, les haricots et les piments sont fades. Vous riez. Votre mère a raison, il est préférable de s'attacher à la vie. Reprenons la mesure du porc, demandez-vous. Beaucoup. Beaucoup de porc, vous répond-elle. C'est insignifiant dans un pays où vous mangez à votre faim, bien au-delà de votre faim, beaucoup n'a sans doute pas à voir avec le qualificatif d'une île affamée. Votre morceau d'île, rectifiez-vous. Vous proclamez cette île, cette île, votre île, en réalité, cette île vous la partagez avec la République dominicaine qui s'étend sur une partie plus vaste qu'Haïti. Beaucoup de porc. Beaucoup de porc, peut-être un kilo ? Un bifteck haché copieux pèse environ 200 grammes, donc beaucoup ce serait bien plus qu'un bifteck haché copieux de 200 grammes, en multipliant par deux on obtient 400. Ce repère n'est pas fiable, la viande hachée se cuisine différemment du porc griot, un porc archicuit, servi avec un riz aux haricots rouges. Les haricots rouges. Votre mère n'en a pas fait mention. Pois rouges, une grande quantité. Aïe, aïe, aïe. Votre mère rigole de votre embarras, elle vous accuse d'être européenne, de l'Europe du Nord, de celle où il fait froid et moche, de là où l'on pèse ses aliments avec une petite balance de cuisine, de grands verres mesureurs, une Europe de notaires. Là-bas, sur votre morceau d'île les choses sont évidentes, vous dit-elle. Vous l'admirez, elle est devant vous telle qu'elle était à vingt-sept ans, assise dans la cuisine d'Ima ; la plus blanche de vous deux, indéniablement la plus noire de vous deux.

21.

Vous bataillez avec vos cheveux, ils font n'importe quoi. Certains forment de minuscules frisottis, d'autres des boucles épuisées, les plus minables sont quasi lisses. Ce bazar vous donne une allure incertaine, le résultat est votre air accablé. Votre Lavalloise trouve que cela vous va bien, l'air accablé te sied, plaisante-t-elle. Vous ne trouvez pas ça drôle, vous êtes nue au milieu des autres. Je suis toute nue au milieu des autres, dites-vous. La vérité, vous ne la tolérez pas, vous préférez un chignon bien serré. Enfin, vous respirez. Il n'y a plus trop de vous. Vous insistez, il n'y a plus trop de moi. Vous marchez ensemble dans le métro pour assister à une *rencontre littéraire de premier choix*. L'intitulé de la soirée était décrit de la sorte. Vous avez envoyé un message à votre Lavalloise, *veux-tu m'accompagner à une rencontre littéraire de premier choix ?* Elle s'est émerveillée de votre sophistication, un écrivain haïtien de grande renommée, vous vous êtes contentée d'attribuer cet événement au destin. Vous côtoyez enfin votre culture. Non pas celle de l'Europe du Nord, de celle où il fait froid et moche, quoique votre écrivain réside désormais au Canada, territoire plus congelé que le vôtre. La migration des Caraïbes vers le nord du Nord est curieuse. Votre grand-père aussi a quitté les tropiques pour le sommet de l'État de New York. Votre Sud s'éteint de jour en jour. De l'Italie non plus vous n'avez pas hérité de la Méditerranée, votre grand-mère vient du Piémont, une région cramponnée à la Suisse. Vous commentez le programme de la soirée, bla, bla, bla, bla, bla, bla, dites-vous. Vous faites croire qu'Haïti est vôtre, que sa littérature, sa musique, son essence, c'est vous. Vous éprouvez une satisfaction immense à fabriquer celle que vous n'êtes pas. Vous vous laissez persuader, il n'y a plus de distance entre votre parole et vous-même, c'est fou comme vous parvenez à y croire. Cette histoire n'est qu'un mensonge. La littérature de votre île n'avait suscité chez vous qu'une curiosité fatiguée, à l'époque où vous n'aviez aucune intention d'être noire. Aujourd'hui vous en êtes fière comme si vous y aviez contribué, de surcroît vous jouez votre plus beau numéro, bla, bla, bla, bla, bla, bla, poursuivez-vous. Vous êtes séduite par l'attention que votre Lavalloise vous porte. Pour la première fois vous êtes à votre place avec Haïti. Vous continuez votre baratin en vous inventant une passion, ce que vous n'improvisez pas, c'est votre passé. Malgré vos lubies, aucun mensonge ne peut remédier à votre absence. C'est une réalité, celle d'un pays, vos ratages aussi merdiques soient-ils racontent une histoire. La mémoire usée d'Ima qui séjournait au mois d'août dans votre rue Malher, le soir on dînait dans la cour, elle souffrait du froid. Pour vous, c'était à peine un courant d'air. Recroquevillée sur sa chaise, elle menaçait de se réfugier au troisième étage de votre maison, sous les combles, là où vous étouffiez. De quel pays lointain pouvait-elle venir? À son arrivée vos parents réclamaient le silence, elle doit se reposer, disaient-ils. La journée s'éternisait. Quelle heure pouvait-il être dans son pays? Et comme cela, un jour, elle n'est plus apparue. Comme cela. Le mois d'août s'est écoulé sans qu'elle revienne. Vous n'avez pas demandé pourquoi, pourquoi les étés de votre Ima s'étaient terminés. Vous aviez à peine dix ans, peut-être moins, mais après, que s'est-il passé, après? Vous avez voyagé aux États-Unis, régulièrement en Floride, si proche de votre île. J'étais si proche de mon île, pensez-vous. Comment votre corps se tient debout si résistant quand l'intérieur s'effondre? Pourquoi tout n'a pas dépéri avec elle? Haïti aurait dû disparaître avec elle. Se noyer avec elle. Sa littérature aussi. Vous en avez marre de vivre agglutinée aux souvenirs que les gens ont d'elle. Vous exigez vos souvenirs. Vos questions. Vos réponses. Les vôtres. Rien que les miennes. Son fils, votre père, raconte qu'Ima était extraordinaire. Il dit cela, le génie dans notre famille, c'est ma mère. Ce qu'il y a de génial en nous, nous le lui devons, a-t-il insisté. Sans elle vous n'auriez été qu'une lignée de concombres de mer. Le génie, c'est ma grand-mère. Cette phrase vous l'adorez, elle vous a rendu heureuse, elle attestait que vous étiez entièrement libre de l'aimer. Tout a commencé là. C'est essentiel que tout ait commencé quelque part, qu'Ima existe par-delà le vide laissé en ce dernier mois d'août. Vous marchez silencieuse dans les couloirs du métro, votre bavardage s'est arrêté brutalement. Votre Lavalloise vous pince le bras, vous levez les yeux. Au bout du couloir, deux hommes gigantesques, un racket peu subtil. Votre amie ralentit, vous la tirez. Elle vous serre, son pas est lent, vous la persuadez qu'il n'y a rien à craindre. Certes, leur posture est peu commune, admettez-vous. Votre Lavalloise vous supplie de faire demi-tour. Vous regardez en arrière, vos pensées vous assaillent, la mort d'Ima, votre silence, la littérature haïtienne, il est impossible de reculer. À la fois, impossible d'avancer. Les deux hommes à moins d'un mètre, plus infranchissables. Vous ne bougez pas. Eux non plus. Vous attendez un ordre ou le désastre. L'un des deux vous dévisage avec insistance, vous soutenez sa tension. Qu'il vous interroge, la seule chose qui vous obsède c'est Ima, votre île, la fin de la littérature, le porc à mettre dans le griot, la fin de toute chose, ces questions suspendues. L'homme s'approche de vous et agrippe vos épaules, t'es une petite noire toi, dit-il. Votre cœur tendu, vous aimeriez vous laisser vaciller entre ses mains, vous effondrer dans ses bras, vous voudriez lui dire que noire ou pas, le vide est semblable. Que nous sommes pareillement asservis à la mort. Ima, le porc griot, la fin de la littérature, autant d'agonies dont on ne guérit pas. Vous restez silencieuse. L'homme vous lâche en reculant d'un pas et fait signe à l'autre de dégager. Vous cavalez pour déguerpir de ce trou, un dernier regard vers l'homme. Votre Lavalloise s'étonne de votre chance, ce privilège vous écœure. Vous regrettez qu'ils n'aient pas perçu chez elle, chez votre Lavalloise, ce qui existe au plus loin de la France. Vous vous pressez jusqu'à la rue Saint-Martin, ce guet-apens vous a mises en retard. Vous arrivez dans la salle en courant, la rencontre a déjà commencé. L'atmosphère est détendue, à l'opposé de votre état. Vous échangez un regard avec votre amie, elle est désemparée. Il y a trois minutes vous croupissiez dans le métro, ensuite propulsées dans une ambiance frénétique. On applaudit, on s'esclaffe, votre écrivain est plié. Il raconte comment un matin, réveillé à 9 h 28, il pensait être identique à l'homme qu'il était la veille, ses gestes conformes à ceux d'hier. Allumer son téléphone, sa journée commence ainsi. Il reçoit un message vocal. Une journaliste le convie à la radio pour témoigner de l'écriture de l'exil. Voilà, il s'est réveillé un matin exilé. Il a cherché rapidement la définition sur internet, dans un dictionnaire, traumatisé par l'accumulation de concepts dont il n'avait que faire, il est retourné se coucher. Plusieurs semaines se sont écoulées durant lesquelles il s'est senti déplacé. Il a relu l'intégralité de ses propres ouvrages, s'interrogeant sur ce que l'exil pouvait avoir comme lien avec sa littérature. Il s'est procuré une centaine de livres d'auteurs classés dans la catégorie, émigrés. Il en a conclu que ces écrivains étaient bel et bien des romanciers, non des exilés, que leur délogement n'avait rien à voir avec leurs mots. Un soir, saisi d'un courage fulgurant, il a appelé la journaliste, j'accepte votre invitation, lui a-t-il dit. Il s'était convaincu de l'intérêt d'aller à la radio pour faire la promotion de son texte, sorti le mois d'avant. Si le thème de l'exil ne l'enthousiasmait guère, il parlerait de son nouveau roman. La semaine suivante, installé dans le studio d'enregistrement, il s'est surpris à inventer des fantaisies sur sa migration au Canada. Il fabula une tragédie sur sa souffrance d'Haïtien en proie à une nostalgie éternelle de la terre quittée. Il dépeignit sordidement son inadaptation au pays d'accueil, les récits, les dates, les lieux, les larmes, tout était faux. Il ne regrette pas de s'être carapaté, le froid du Canada lui convient à merveille. Désormais, il est passionné par l'Europe du Nord, celle où il fait froid et moche, il abhorre l'été, les climats tropicaux, le Sud, la chaleur lui font horreur, il se demande comment il a pu habiter une pareille île. Depuis sa création d'exilé maudit, ses livres se vendent par milliers, les journalistes se bousculent pour recueillir son témoignage, c'est un travail d'imagination colossal ; aujourd'hui, il se sent fatigué. Voilà, c'était du pipeau, déclare-t-il. Vous êtes tordue de rire, c'est fantastique, répétez-vous en applaudissant. La salle est muette, les visages tendus, votre Lavalloise circonspecte. Vous secouez son épaule, j'ai trouvé la réponse, dites-vous. On peut tout dire, tout penser, tout croire, le mensonge devient la vérité, de vérité il n'y a pas, s'il n'existe que ce qui est formulable, alors il n'y a plus de distinction entre le réel et le mythe. Noir, exilé, Haïti, la courgette, la tortue, ce n'est rien et c'est tout à la fois.

Hein ?

22.

Vous ne faites rien de bien. Hier vous avez balancé treize rouleaux de papier absorbant pour combler une fuite. Vous êtes frustrée, coincée entre deux états, la colère ou la déception. Votre chambre est toujours dégueulasse, l'eau stagnante s'est desséchée, formant une pellicule de crasse. Vous fermez les yeux. Vous avez un peu envie d'appeler la journaliste, la vie est trop nulle. Vous songez à votre écrivain fabuleux, des histoires, si vous en manquez, vous les inventez. Vous composez le numéro de votre boîte vocale. *Bonjour, vous n'avez aucun message sauvegardé.* Vous n'avez aucun message sauvegardé. Vous retenez votre souffle, ouvrez votre agenda et comptez les jours. Deux semaines, vous additionnez, c'est bien cela, deux semaines à repousser votre appel ; vous vous remémorez, votre message sera sauvegardé pendant quatorze jours. Les services d'Horizon sont excessivement réducteurs. Vous êtes affolée. Vous dérangez votre bureau, où est le carnet sur lequel vous aviez noté son numéro? La *journaliste : 06.* C'est tout? Vous appuyez sur n'importe quelle touche, *menu principal, pour votre annonce d'accueil faites le 2, pour votre code secret ou vos options faites le 3.* À l'aide, 5. *Désolé, mais 5 n'est pas une entrée correcte.* Vraiment? 5, encore. *Désolé, mais 5 n'est pas une entrée correcte.* Dièse, vous revenez au menu principal. Aucune option ne vous propose de fouiller vos archives. Quatorze jours, vous répétez, hier le message existait. Vous avez raté votre existence à un jour près. C'est regrettable, vous étiez heureuse d'avoir cuisiné le griot pour vos amies. Vous espérez les surprendre ce soir par votre dîner haïtien, entrée, plat, dessert et boisson. Ce sera une krémas, un mélange de lait concentré sucré, d'épices et de rhum. On l'associe abusivement au punch coco, or elle ne contient pas de noix de coco, l'ingrédient principal du punch. Cet après-midi, lorsque vous êtes allée faire vos courses, vous avez entassé dans votre caddie des quantités délirantes de lait de coco, de rhum, de porc, de haricots rouges, etc., dans la rue vous vous êtes dandinée fièrement, vous n'avez pas été une bureaucrate d'Europe du Nord. Dans votre appartement, vous jubilez. Plouf les ingrédients dans le saladier. Combien de rhum? Un demi-litre, pourquoi pas? C'est trop peu, ajoutez-en, une dose de plus, un litre, zut, c'était trop. Doublez le lait concentré, très sucré, triplez la noix de muscade, on a perdu le rhum. Vous vous impatientez. Tant pis, la krémas est prête, annoncez-vous. Vous lisez sur l'enveloppe, tourner longtemps. Tourner longtemps. Vous vous agacez du caractère aléatoire de la perception du temps et sortez votre mixeur. *Start*. Magnifique, le liquide est splendide, les épices parfaitement remuées, vous êtes tellement satisfaite de votre idée, vous rêvez l'admiration de votre Ima. Vous versez la krémas dans une bouteille, au frais. Trente minutes plus tard, l'heure du Coca, vous vous frottez les mains. C'est la syncope. Les épices se sont séparées pour s'amasser abjectement contre le fond. Votre état psychique se dégrade. Vous appelez votre mère, au secours. Elle éclate de rire, votre astuce de petite fille pressée est un subterfuge inutile, plaisante-t-elle. Sa phrase vous désespère, vous ne renoncez cependant pas à la gloire, Ima n'aurait pas été fière de mon invention ? Ta grand-mère aurait ri, autant que moi, répond-elle. Bon, vous acceptez la blague. Votre mère ajoute qu'il faut mélanger plusieurs heures pour lier les épices. Plusieurs heures ? Elle décrit votre grand-mère assise la journée entière, le saladier sur les genoux, avec sa cuiller en bois. La journée entière ? Cette folie vous dépasse, pourtant vous êtes coutumière de l'excès. Il est 18 heures, la journée entière est raccourcie. Vous hésitez à répéter un ultime tour de mixeur, l'esprit hilare d'Ima vous fait capituler. Votre mère a raison, il est impossible de reproduire Haïti. Si ce n'est pas la France qui tue Haïti, c'est vous.

23.

Vous avez cru être sortie d'affaire, mais hier soir quand votre Lavalloise est venue à votre dîner haïtien, elle a tenu votre inconscient responsable du drame. Vous avez pris l'air outré, pas du tout, vous n'avez pas d'inconscient, vous n'êtes formée que d'une couche. Elle a insisté, cette coïncidence n'en est pas une. La fuite dans la salle de bains, la disparition du message le même jour, pas un hasard. Vous êtes devenue blême. Il y a énigme. Pourquoi pas, vous attestez, la théorie de l'acte manqué n'est pas folle. La bizarrerie est d'autant plus incontestable que vous n'avez jamais noté le numéro de la journaliste. Un jour vous avez esquissé *06*, puis vous vous êtes interrompue. Que n'avez-vous pas dit ? Votre Lavalloise est en joie, cette révélation corrobore sa thèse, tout est de votre faute. Votre Viennoise était également présente au souper. Vous lui avez récapitulé l'intégralité de vos aventures, seule omission, le jour à Radio France. Cette discussion a occupé l'essentiel de la soirée, puis vous avez traité un autre sujet, le temps nécessaire à un paresseux pour gravir un arbre. Vous étiez toutes en désaccord, Wikipédia a tranché, 0,27 kilomètre par heure, c'est la vitesse maximale à laquelle il peut se déplacer, effort qu'il ne déploie qu'en cas d'urgence. Soudainement votre Viennoise s'est exclamée qu'elle ne comprenait pas comment la journaliste avait eu votre numéro. Ça n'a aucun sens, a-t-elle hurlé. Absolument aucun, avez-vous confirmé. Vous avez exposé votre hypothèse, quelqu'un vous ment. Votre Lavalloise s'est agacée, vous n'allez pas réitérer vos accusations. La question a été plaquée de la sorte. Vous avez bu beaucoup de krémas, suffisamment pour que votre Viennoise se lève et annonce, et si le message n'existait pas ? Hein ? Vous et votre Lavalloise l'avez regardée un peu choquées. Et elle a soutenu en s'asseyant que le message n'avait peut-être jamais existé. Pas de numéro, plus d'enregistrement, pas de témoin, cette histoire c'est du flan. Vous êtes baba. Vous dites, mais la preuve, la preuve c'est moi. Vous avez senti une forte pression à l'arrière de votre crâne, vous vous êtes servi un autre verre. Votre Lavalloise a admis qu'elle était larguée. Votre Viennoise a poursuivi sa démonstration, votre inconscient aurait pu manigancer les faits. Elle raconte que c'est arrivé dans l'histoire de la psychanalyse. Vous êtes déconfite. Si, si, si, apparemment un bourricot au début du XXe siècle s'était laissé convaincre par son inconscient qu'il avait une patte de tigre à la place du bras droit et s'était mis à griffer quiconque l'approchait. Après plusieurs consultations chez une éminence, le médecin avait conclu que le bonhomme voyait effectivement une patte de félin, griffes, poils, coussinets, la panoplie. Cette étrangeté s'expliquait par une perversion de son inconscient. Quelques décennies plus tard, les chercheurs concluaient à une tumeur au cerveau. Hein ? Vous n'avez pas l'air convaincues, s'étonne votre Viennoise. Votre Lavalloise a le regard brouillé, elle tolère mal l'alcool, vous avez insinué prudemment avoir une préférence pour la journaliste plutôt que la tumeur. Votre Viennoise a levé les yeux au ciel et vous a tendu la carte de son hypnothérapeute. Dès votre réveil, vous l'avez appelée. Au téléphone, elle vous a demandé d'expliquer brièvement votre cas, vous n'avez pas su être concise. Un peu perdue elle a demandé, mais vous êtes noire ou pas ? Vous avez dit ne plus être en mesure de répondre à cette question. Elle a laissé s'installer un long silence particulièrement gênant, puis a ajouté qu'elle vous verrait dès ce soir. Elle a insisté pour que vous ne sortiez pas de votre appartement avant le rendez-vous. Vous êtes restée chez vous à fixer le plafond jusqu'à ce qu'il soit l'heure de partir, maintenant vous saluez une femme de quarante ans, entièrement ramassée vers le bas, autrement fort sympathique. L'hypnothérapeute vous installe dans un fauteuil Ikea à bascule, au mur des photos de rizières au Japon, deux ou trois chinoiseries, une musique de fond type oisillons tombés du nid, l'ensemble est impersonnel, sans prétention, rassurant. Dans un murmure, elle vous demande, pourquoi êtes-vous venue ici ? Vous vous efforcez à chuchoter, les piaillements recouvrent un mot sur deux. Vous reprenez, l'histoire du message il y a dix-sept jours, votre état psychique, le quiproquo avec Radio Autre, ah vous êtes aussi gauchère, interrompt-elle. Vous êtes froissée par son *aussi*, sous-entendu, ça ne suffit pas que vous soyez un peu noire. Oui, précisément droitière contrariée. Contrariée par vous-même. Bref, le dîner d'hier soir, vos Lavalloise et Viennoise, la possible tumeur au cerveau. L'hypnothérapeute a écrit chacune de vos phrases, elle vous demande de relater avec précision le jour du message. Vous lui dites que ce matin-là, celui où vous vous êtes réveillée à 10 h 39, vous pensiez être identique à la personne que vous étiez la veille, vos gestes conformes à ceux d'hier. Allumer votre téléphone, la journée commence ainsi. Vous avez un message vocal. Une journaliste vous convie à la radio pour témoigner du racisme dont vous êtes victime. Vous sauvegardez, reposez le téléphone sur votre table de nuit, en réalité un tabouret cubique en céramique composée de terre de Yixing, offert par votre amie. Voilà. Vous vous êtes réveillée un matin, vous étiez noire. D'accord, dit-elle, qu'avez-vous fait la veille au soir ? Vous réfléchissez. Ah, vous étiez justement chez votre amie qui vous a offert la table de nuit, etc. Elle avait cuisiné votre plat préféré, le tzibeless, composé de gehakte leber, des foies de poulet hachés avec œufs durs, oignons et trois cuillers de schmaltz, de la graisse de volaille. Vous avez ri tous les trois avec son mari, lui aussi votre ami, et beaucoup bu. Elle note, *alcool* sur sa fiche. Vous vous crispez. C'est une façon de parler, vous gardez toujours la raison. L'hypnothérapeute vous dévisage, n'avez-vous pas dit avoir beaucoup bu hier soir, également ? Zut. Vous êtes piégée. Vous nuancez, beaucoup est une quantité relative, comme celle du porc griot, par beaucoup vous vouliez signifier, plus qu'à votre habitude. Elle écrit, *habitude* à côté d'*alcool.* Vous vous désagrégez. Continuez, dit-elle. Non, vous refusez. Commençons l'hypnose, reprend-elle. Elle attrape un stylo surmonté d'une boule argentée, vous prie de la suivre du regard, tête immobile. Pendant qu'elle vous parlera, vous prêterez attention aux réactions de votre corps. D'accord. Elle commence. J'ai reçu un appel d'une journaliste ; je n'ai pas reçu d'appel d'une journaliste ; je suis noire ; je ne suis pas noire ; je suis blanche ; je ne suis pas blanche ; il y a quinze jours une journaliste m'a appelée, vous interrompez, dix-sept jours, il y a dix-sept jours une journaliste m'a appelée. Détendez-vous, Mademoiselle, suivez la boule, s'il vous plaît. Elle relance, il y a dix-sept jours une journaliste m'a appelée ; il y a dix-sept jours une journaliste ne m'a pas appelée ; je suis contre le racisme ; je suis pour le racisme ; j'aime les Noirs ; je déteste les Noirs, vous êtes de plus en plus raide. Elle insiste, détendez-vous, Mademoiselle, ne lâchez pas la boule. Je suis droitière ; je suis gauchère. Vous fermerez les yeux à mon signal, cinq, quatre, trois, deux, un, fermez les yeux. Vous fermez les yeux.

24.

Nuit convenable. Certainement vous êtes soulagée d'avoir perdu à jamais la trace de la journaliste, ou bien la séance d'hypnose vous a rétamée. Vous n'en avez aucun souvenir, à votre résurrection l'hypnothérapeute était charmée par votre inconscient. Il s'est montré coopératif, a-t-elle dit. Il n'a pas le moindre lien avec cet appel, en revanche il est farouchement opposé à s'entretenir avec la journaliste. Ah bon, mais pourquoi ? Réponse dans six semaines, au prochain rendez-vous. Vous écrivez un message à votre Lavalloise et à votre Autrichienne, *Séance d'hypnose faite. Pas de tumeur, pas d'hérésie. Une journaliste, toujours la même.* Un dernier regard sur votre appartement, au revoir au chat. Vous fermez votre bagage, saluez la baraque et rejoignez la ligne 1. Confortablement assise, vous énumérez la liste de vos oublis. Le dentifrice, pas grave, la pomme dans le saladier, regrettable, le permis de conduire, contrariant. Vous regardez l'heure sur votre téléphone, quatre messages reçus sur Instagram. Expéditeurs inconnus. *Bonjour, merci d'avoir aussi bien parlé de notre cause à la radio, les gens doivent savoir.*

Chère Madame, je me permets de vous écrire car votre discours m'a particulièrement touché, je suis devenu gaucher à la suite d'un accident, c'est toute ma vie qui a basculé.

Super votre intervention ! Pour une fois qu'on parle des gauchers avec autre chose que de la pitié. Gall et la phrénologie, chapeau ! Merci et bonne continuation.

Bonjour, j'ai toujours su que les gauchers étaient plus intelligents que les autres, on va les défoncer ces droitiers de merde.

La redondance de votre calvaire est sans fin. Vous vous étiez persuadée qu'avec une thématique si peu excitante, l'émission aurait été annulée. En quelques semaines, vous êtes devenue le symbole des opprimés. Vous qui ne parvenez à être noire qu'une fois sur trois, probablement ambidextre, coupable de haute trahison. C'est la guillotine assurée. Qu'on vous coupe la tête, vous n'en faites pas grand usage. Vous êtes égyptienne ? Vous sursautez, un homme assis à votre droite vous scrute. Vous êtes égyptienne, encore demande-t-il. Si vous étiez moins rangée par votre éducation, vous lui auriez dit d'aller se faire voir, que vous en avez marre de ces questions puantes, que les gens vous gonflent avec leurs intrusions à la con. Non, je ne suis pas égyptienne, répondez-vous. Étonné il continue, mais si, je sais reconnaître les gens de mon pays. Vous faites erreur, dites-vous. Même pas à moitié ? Même pas un pois chiche, vous ouvrez votre livre. Mais vous venez d'où alors ? Vous haussez les épaules, vous ne savez pas. Vous dites cela, je ne sais pas. Vous mentez, accuse-t-il. Absolument vous mentez. Vous êtes sur votre siège, Monsieur, je suis sur mon siège, lui-même soudé au wagon de la rame de la ligne 1, automatisée le 16 février 2013, dans la direction Château de Vincennes. Que voulez-vous de plus ? Il répète qu'il a deviné chez vous les traits de son Égypte, son Égypte natale a-t-il précisé, avec un soupçon de mélancolie. Vous radotez, vous n'êtes pas égyptienne, cette canaille se moque de la vérité, hormis l'Égypte et la France ses connaissances en géographie sont déplorables. Vous lui demandez, pourquoi est-ce si important ? Il vous répond avoir le don pour remettre les gens à leur place. À votre air douteux, il comprend sa faute. Ce qu'il voulait dire, Madame, ce que je voulais dire c'est que je suis doué pour ranger les gens dans leur pays. Ah oui, c'est beaucoup plus clair. Ce que vous m'expliquez, Monsieur, c'est que vous êtes très fort en rangement. Dans ce cas, venez chez moi trier mes tiroirs de bureau, mettre les petits papiers dans des petites cases, les trombones qui traînent dans une boîte à trombones qui traînent, les agrafes ailleurs, de l'autre côté les punaises, mais vous, Monsieur, vous n'êtes pas à archiver. L'homme est un peu surpris, il vous toise puis esquisse un sourire gêné. Vous pliez bagage, rejoignez le RER B jusqu'à Roissy-Charles-de-Gaulle, pressée de prendre la fuite. À l'aéroport le décor est conforme à votre attente, les questions sur vos déplacements ne suscitent pas de nouvelle crise. Après douze heures, vous vous élancez en dehors de l'avion, excitée par les contrôles sans fin de votre débarquement. Vous pratiquez cette routine deux fois par an, la chute sur le sol américain est un parcours lent et douloureux. Vous attendez deux ou trois heures au service d'immigration, traversez la douane sans respirer, trois bouteilles de champagne, deux bocaux de foie gras, une dizaine de pains au chocolat, péché capital ; vous arpentez les couloirs infinis, sautez dans une cabine vous propulsant au terminal, celui du manège à bagages, l'ultime étape du voyage contemporain. Vous avez collecté vos biens, les portes s'ouvrent : vous êtes à Miami. Au plus près d'Haïti, seulement 120 minutes de vol, 24 heures de bateau, votre île est proche et insaisissable, son paysage ressemble à votre présent ; palmiers, humidité, la mer, la Floride c'est l'expérience vivante de votre hérédité. Vous avez traversé l'Atlantique pour assister au mariage de votre cousine, la fille du frère de votre père, non pas le pianiste, ni le géologue. Vous l'apercevez au loin, adossé à sa voiture, ses quatre enfants. Vous ne parvenez pas à expliquer le sentiment qui vous domine. Vous les observez davantage, quelque chose vous lie. Vous êtes à Miami comme nulle part ailleurs. Ils se ressemblent tous. Un Chinois n'y verrait aucune différence. Vous constatez votre reflet dans la vitre, vos traits singuliers sont devenus ordinaires. Vous leur ressemblez. C'était cela votre calme. C'est fou, comme on se ressemble, dites-vous. Votre oncle sourit, on rentre à la maison ? Oui, on rentre à la maison.

25.

Vous conduisez votre voiture, pas la vôtre, celle prêtée par votre cousin, le second de la fratrie. Vous allumez la climatisation à la mode américaine. Vous roulez sur la 54e avenue, tournez à la 80e rue, vous arrivez sur Dixie Highway, continuez tout droit, dépassez l'Université de Miami, traversez Coral Gables pour rejoindre le pont qui relie le continent à Miami Beach. Vous aviez mémorisé l'enchaînement des rues quand la technologie était encore précaire. Vous longez doucement la presqu'île vers le sud, ralentie par l'accumulation de voitures sur Collins Avenue. Collins Avenue traverse Miami Beach du nord au sud, ou du sud au nord, elle est à double sens comme la plupart des rues aux États-Unis, comme le fut Rivoli, à Paris. Les touristes à Miami résident principalement à Miami Beach, visitent uniquement Miami Beach, friment de connaître Miami. C'est un raccourci dont il faut se méfier. Miami Beach ce n'est pas Miami, Miami ce n'est pas Miami Beach, par une commodité de langage l'un est devenu l'autre et vice et versa. Il faut insister sur cette distinction car les lieux sont différents. La nature n'a pas survécu à Miami Beach, à l'exception de deux ou trois palmiers plantés sur Collins Avenue, la végétation a été ratiboisée. L'attrait principal de Miami Beach repose sur cette immense plage qui borde la côte ouest et l'architecture Art déco. Les immeubles bas aux couleurs pastel, les enseignes typiques des années 1920, cet univers construit autour d'Ocean Drive, vous transporte dans l'Amérique du xxe siècle. Voilà, ça c'est Miami Beach. Alors que Miami ressemble à une grande ville américaine construite au milieu de la forêt. Certes, on a coupé des arbres, repoussé les alligators, échafaudé des dizaines d'immeubles, le contour c'est la jungle. Les feuilles vous tombent dessus, les lianes des arbres traînent sur la chaussée, l'air est tellement humide qu'il vous tabasse le corps. Miami est indéniablement une ville hydratée, constamment arrosée par de violents orages, elle se transforme après la pluie en une mare à crocodiles. Votre île ne se trouve qu'à 1 000 kilomètres, 6 000 kilomètres de moins que depuis Paris, six fois plus proche du climat et de la végétation de Miami. Cette ville est une petite exception sur le territoire américain, les habitants de la Floride ont pour habitude de dire qu'ici vous n'êtes pas aux États-Unis. La région a plus en commun avec les Caraïbes qu'avec n'importe quel État du continent. Les gens aussi sont un peu différents, comme vous, perdus entre mille identités les définissant ou ne les définissant pas. Ils viennent des alentours, de Cuba, du Mexique, de la Jamaïque, épousent des Américains, si Américains il y a, et inventent des enfants désorientés comme vous. Il y a une évidence à être autre. On ne vous demande pas d'expliquer vos traits indéfinis, de circonscrire votre identité, les gens savent qu'en ce lieu, la seule valeur qui vous distingue, c'est d'être à Miami. Si l'envie vous pique de raconter votre périple, faites-le, mais vos pérégrinations sont des certitudes qui ne se questionnent pas. Vous garez la voiture, près du bord de mer. Vous ne venez pas souvent à Miami Beach, c'est un peu trop cartonné pour vous. Bien sûr, il faut s'y rendre deux ou trois fois, succomber à l'artifice du décor, mais ce n'est pas la vraie vie. La seule vérité à Miami Beach, c'est le restaurant Joe's Stone Crab qui sert les meilleurs crustacés, de loin la meilleure Key Lime Pie, faite avec le citron vert de la région des Keys. Oui, ça c'est la vraie vie. Sinon Miami Beach n'a pas grand intérêt. Ce que vous aimiez faire avant de décider que ce lieu n'était pas la vraie vie, comme si vous étiez parvenue à une définition de ce que devrait être la vraie vie, c'était vous poster sur le bord de mer, en observation. Vous connaissez peu d'endroits où les gens vivent dans une si grande harmonie avec leur corps. Ils ingurgitent des mixtures hyperprotéinées, font de la musculation sur la plage, et il n'existe pas un ridicule plus fascinant que celui d'un homme se donnant en spectacle. Votre corps à vous est un corps de femme. Cette évidence ne vous a ni ravie ni attristée, vous avez accepté ce que la génétique vous a donné comme format spontané. Vous ne renonceriez pas à être une femme, cela dit vous endommageriez volontiers une de ses caractéristiques premières, vos seins. Un objet encombrant, la poitrine. Votre nez, qu'il vous irrite ce nez; vos hanches, bien entendu, vos cuisses, qu'elles sont vilaines, vos bras étaient corrects un certain temps, puis vous avez grossi à cause de votre thyroïde désaxée. Le problème c'est qu'il y a trop de bras sur vos bras. En fait, vous voudriez un peu moins de vous. Votre taille d'un mètre soixante et onze vous l'auriez écourtée, finalement vous vous en êtes accommodée par un raisonnement infaillible, plus vous seriez grande, moins vous seriez large. Il est préférable de s'étendre vers le haut que sur les côtés. Les dix kilos accueillis par votre thyroïde ont confirmé votre théorie, il fallait pouvoir les engranger. Vous ne vous exposerez donc jamais parmi ces corps bronzés et heureux d'être. Maintenant, vous êtes à Miami Beach idéalement couverte pour assister au mariage de votre cousine. Votre cousine moins divisée que vous, haïtienne par ses deux parents, américaine de naissance, s'apprête à épouser un Gallois, petit, plutôt frêle, blondinet aux reflets rouquins, le teint transparent, de grands yeux bleus ; leurs enfants seront innovants. Peut-être constellés de taches de rousseur, sur une peau hâlée, vous rêvez la beauté d'une telle improvisation. Vous êtes installée sur votre banc, entourée d'une centaine d'individus inconnus. Certains noms évoquent des anecdotes lointaines racontées par votre père, d'autres ravivent le souvenir des silhouettes aperçues sur d'anciennes photographies, dites de famille. Vous êtes fascinée par les amalgames des uns et des autres, comme résultats uniques et simultanément d'une profonde similitude. Vous ne vous ressemblez pas identiquement, chacune de vos chevelures a pris une décision singulière, vos peaux ont hésité entre toutes les teintes, curieusement autant de différences vous lient intensément. Ce sentiment vous désempare, vous n'aviez pas eu l'impression d'être désordonnée. Il vous semblait être à Paris, dans votre endroit. En ce lieu, dans cette ville, vous éprouvez un sentiment absurde d'appartenance. C'est étrange, vous dites être à votre place. Vous répétez cela, je suis à ma place, je suis ici à ma place. Vous insistez, je leur ressemble, nous nous ressemblons. Cette phrase vous rend sereine, elle adoucit votre regard, je suis ici à ma place. Vous poursuivez. Je suis ici à ma place. C'est grotesque, contrôlez-vous. Comment pourriez-vous être ici à votre place, sur un continent dont vous ne venez pas, entourée de gens que vous ne connaissez pas ? Vous n'êtes pas une famille. Assez avec ce terme, pareillement à votre histoire d'identité, ce sont des mots puants. La famille. Quelle belle affaire. La dame à votre droite s'adresse à vous, Kisa lamarye ye pou ou ? Vous êtes circonspecte. Elle traduit immédiatement, are you with the bride ? Oui, vous êtes avec la mariée. Elle se présente, vous répondez poliment. Your name sounds very French, vous dit-elle. Vous acquiescez, vos deux énergumènes ne sont pas des originaux. So you are French ? Yes, je suis française. Quelle drôlerie, n'est-ce pas ? Elle vous parle en français, le français est la langue maternelle de votre famille haïtienne, pas celle d'adoption américaine qui en a égaré l'usage. Elle paraît intriguée par votre déplacement, croit se rappeler vaguement l'histoire d'un des fils de son oncle, parti en France, rejoindre le territoire de votre ancêtre partagé. Cette situation l'amuse. Vous rectifiez, amusante en apparence, mais vous êtes isolée. Je suis isolée, dites-vous. Vous ajoutez à cette ineptie, être loin de votre famille. Je suis loin de ma famille, pleurnichez-vous. Vous n'êtes loin que dans votre tête. Vous êtes partie loin, très loin, on ne parvient plus à vous repêcher. Vous regardez cette femme en pensant, c'est une étrangère. Vous tentez de vous ressaisir, cette femme est une étrangère. Si elle disparaissait comme elle est apparue, vous reprendriez le cours de vos idées, il y a trop de bras sur mes bras. Le silence de la salle vous interrompt. I now pronounce you husband and wife. Vous applaudissez. Voilà, eux sont une famille, souriez-vous.

26.

Vous êtes réveillée depuis des heures. Votre corps est décalqué par le changement horaire, rongé par l'alcool. La succession fâcheuse a débuté par une coupe de champagne en apéritif, suivie d'un verre de vin blanc avec l'entrée, de trois verres de vin rouge avec le plat, fatalement le digestif a achevé votre foie. Vous vous êtes couchée certaine de tenir sur vos pieds, soudainement l'espace a chaviré. L'emplacement des meubles vous a paru douteux, votre tête n'a cessé de tournoyer, votre estomac s'est tordu, le foie s'est senti comprimé, l'estomac a répliqué, l'oreille interne a trompé le système vestibulaire, finalement vous êtes allée vomir. Vous avez progressivement retrouvé votre cohérence, jusqu'à vous assoupir. Votre tendance inoffensive à l'alcoolisme vous préserve normalement de ces mélanges. Vous n'avez pas consulté un spécialiste à ce propos, ce n'était d'ailleurs pas un problème avant que l'hypnothérapeute vous humilie ouvertement. Vous aviez exprimé cette dépendance avec détachement. Aux États-Unis il faut attendre vingt et un ans pour se servir un verre de vin. Le résultat est affligeant. Les adolescents ne savent pas boire, ils aspirent des tonneaux de bière par le siphon, tête à l'envers, pieds en l'air, jusqu'à en crever. Ces jeux sont une offense à l'amour véritable de l'alcool. Une petite accoutumance très saine, pas excessive, l'essentiel se fonde dans la régularité. Malheureusement hier soir, vous avez perdu la raison de votre alcoolisme, en vous comportant comme une Américaine à sa majorité. Vers 6 heures, l'épaisseur du jour vous a secouée. Vous avez ouvert les volets, quelques lézards ont fui. Le silence absolu du matin vous attire. Vous enfilez un maillot pour vous jeter dans la piscine, bercée par le seul bruit de l'eau. Le monde est beau, pressé d'exister au soleil. Vous inspirez profondément en laissant flotter votre corps. Ce corps est léger, il ne vous écrase pas. Vous êtes dans un état de parfaite quiétude. L'esprit plane sereinement. Les palmiers sont statiques, il n'y a pas de vent, dans trois heures l'air sera irrespirable. Vous sortez paisiblement de l'eau, vos pieds s'enfoncent dans l'herbe, la vie est partout, vous tâchez de ne pas la brusquer. Vous vous endormez sur un transat, fatiguée de rien. Vous sursautez, une main se pose sur votre épaule, votre oncle vous conseille de rentrer. Il est 10 heures, il paraît que vous virez au rouge. Vous levez les yeux. Vous? Impossible. Votre peau est forgée pour le soleil. Son air dubitatif vous inquiète. Vous rentrez contrariée. Devant le miroir, deux éléments vous chagrinent. Le contraste entre votre couleur vermillon et la blancheur de votre dos, et le vermillon de votre couleur vermillon. Vous vous enduisez de crème *After Sun*, une sorte de Biafine moins pharmaceutique. Vous êtes ravie de vos couleurs, vous vous ressemblez davantage. Demain votre peau sera saine. Vous rejoignez votre famille, le ventre chauffe un peu, les joues tirent, vous forcez un sourire. Votre cousin vous présente des Dippin' Dots. Vous plongez la cuiller dans le pot, au regard ce sont des billes de polystyrène, en bouche c'est une glace. Une cochonnerie bien américaine, vous en raffolez. More, more, more, du rab, dites-vous. Le sucre, le gel, les couleurs délirantes des parfums, vous font frétiller. Sans prévenir vous racontez l'histoire de l'appel, le tintouin qui s'est ensuivi, discrétion autour de Radio Autre et compagnie. L'atmosphère s'électrise. Comment une journaliste peut vous appeler sans se présenter? You could sue her. Ah ces Américains, leur manie de tout régler au tribunal. Pour l'attaquer en justice, il faudrait un nom. Quand j'y pense, je suis malade, vous dites cela, quand vous y pensez, vous êtes malade de cette fatalité. How are you going to deal with this? demande votre cousine. Votre thérapie actuelle, c'est le déni. Rien de tout cela n'est arrivé. Votre oncle s'étonne, il n'y a qu'en France que les messages sauvegardés disparaissent après quatorze jours. So French, se moque-t-il. Il vous trouve conciliante, you have got to insist, l'enregistrement est forcément sur un serveur. Tout est archivé, conservé, gardé. The police can have access to any information. La police, la police, vous n'en êtes pas. Maybe, peut-être, but I'm a magistrate, précise-t-il. Un magistrat qui a besoin de ce message comme pièce à conviction. Impressionnée, vous composez le numéro du service client d'Horizon. Votre oncle prend l'appel. Haut-parleur, *tapez 9 pour parler à un conseiller*, c'est enclenché. Votre magistrat se présente, vous êtes actuellement retenue aux États-Unis dans le cadre d'un procès dont vous faites l'objet. Je vous sollicite afin de récupérer un message laissé sur sa boîte vocale il y a vingt et un jours, une preuve capitale du dossier, dit-il. Le Français à l'autre bout est paumé, il répète sa phrase dix fois, je regrette, Monsieur, une fois le délai de quatorze jours écoulé, nous ne pouvons plus intervenir. Votre magistrat continue son charabia, le bonhomme éprouvé cède le premier, je vous passe mon responsable, Monsieur. Vous jubilez, cette négociation est palpitante. Bonjour, mon collaborateur m'a informé de votre requête, malheureusement vous auriez dû nous appeler le quatorzième jour. Votre oncle s'irrite, au quatorzième jour le message n'était pas encore supprimé, pourquoi vous aurais-je appelé ? Le deuxième Français un peu confus, en effet, Monsieur, alors le quinzième jour, il fallait nous appeler le lendemain du quatorzième jour. Vous haussez les épaules, so French, dites-vous. Merci, au quinzième jour ma cliente n'était pas inculpée et nous n'avions que faire du message, s'insurge votre oncle. Je comprends, Monsieur, dans ce cas il faudra nous soumettre une demande écrite, signée par une instance légale. Cependant, j'ai accès à un message flottant dans nos archives dont la date coïncide avec celle demandée, mais l'heure ne correspond pas. Cela dit parfois, il peut y avoir un décalage. Il suffit que l'heure du pays émetteur de l'appel ne soit pas la même que celle du pays récepteur, ou pire que notre serveur mémorise l'heure à laquelle le message a été sauvegardé et non l'heure où il a été laissé. C'est assez fascinant qu'une chose aussi mathématique que le temps puisse être soumise à autant d'aléas. Faites-nous écouter le message, s'il vous plaît, interrompt votre magistrat. Tout de suite, Monsieur, *Je t'appelle pour te dire que je sais enfin avec quoi sont faites les frites qu'on avait mangées en Belgique. Elles sont cuites avec de la graisse de bœuf et non pas de la graisse de canard, comme on pensait. Voilà, je viens de voir une émission là-dessus, on en reparlera !* Votre magistrat raccroche, c'est un échec, déplore-t-il. Tant pis. Vous dites cela, tant pis. Votre oncle fait la moue. Celle qui signifie qu'il n'en a pas fini avec cette affaire, qu'il n'en dormira pas, si nécessaire. Vous répondez que c'est visiblement sans solution. Il faudra apprendre à exister sachant que jamais nous ne retrouverons cette journaliste, jamais nous ne saurons qui elle est, d'où elle vient, comment elle vous connaît. Plus vous contemplez la privation, plus vous interrogez votre capacité à dormir la nuit, à vivre le jour. How is this not driving you crazy, demande votre oncle. Si, si, vous êtes en train de devenir barge, c'est précisément l'état altéré vers lequel vous flanchez. Votre tante est hilare, just let it go, it's too late now. Abandonner, abandonner, vous n'êtes pas maîtresse de vos choix. La fourberie de votre inconscient tend à prouver que vous vivez sous tutelle. Do you want more Dippin' Dots, propose votre cousin. Oui, aux glucides. Vous soupirez en vous asseyant. Votre monde est ébranlé. On souhaiterait discuter de cette anomalie. À l'évidence il n'y a plus grand-chose à commenter, plus vous en parlerez, plus votre espérance de vie s'écourtera, maintenant vous vous regardez comme si vous n'aviez rien à vous dire. J'adore les Dippin' Dots, votre cousin a rompu le silence en parlant français. Il imite un accent parisien qui a tout du chinois. Son père a levé les yeux au ciel, vous avez ri, votre tante a ébauché une phrase, interrompue par un appel au loin. C'est votre nom que l'on crie. Vous cherchez d'où vient la voix, rapidement votre tante s'éloigne vers le fond du jardin. Vous vous asseyez, un peu étourdie. D'autres femmes répondent au même nom. Or vous êtes en France la seule à le porter. Vous seule. Dans cette pièce, vous comptez sept homonymes. Étonnant. Vous êtes plus fermement attachée à eux. Vous déambulez suspendus au même patronyme. C'est particulièrement excitant d'être un mouton perdu dans son troupeau. Vous aimeriez crier au monde, les voilà, les voilà, les voilà les autres brebis. Vous êtes euphorique. Vous, fille unique, votre mère a gardé son nom de jeune fille, vous n'étiez que deux à partager le vôtre en France. Deux personnes ça ne suffit pas pour créer une troupe, une bande, un gang, un petit gang de rien. On ne fait rien avec deux personnes. Vous êtes ficelée au sol américain, vous souhaitez rester ici, là où vous êtes une ribambelle. Vous demandez à votre famille de poser, vous voulez une image de cet instant. Vous vous ordonnez en trois rangs, tentez une nouvelle fois de sourire, la grimace est douloureuse. Vous vous précipitez vers votre téléphone pour vérifier le cadre. Il ne manque personne, cependant le résultat est pitoyable. Aucune preuve n'est faite de votre ressemblance. Vous êtes un phénomène. Les cheveux blondis par le soleil, la peau rouge piqué, vous êtes un homard incrusté au milieu d'une famille.

27.

Vive la voiture. Aux États-Unis vous oubliez l'usage de vos pieds. Vous roulez sur Dixie Highway vers le nord de la ville. Dixie Highway c'est l'équivalent de Collins Avenue à une plus grande échelle ; un axe qui part du sud de Miami, à l'embouchure de Key Largo, se terminant à Miami Beach. Très embouteillée aux heures prévisibles, elle est difficilement contournable, surtout si votre géographie de la ville est aussi superficielle que la vôtre. Son paysage, là où vous circulez, n'est pas merveilleux. Les palmiers sont déplumés, les immeubles assez moches, cette circulation à quatre voies est abrutissante, vous traversez une ville ordinaire. En revanche, Dixie Highway change d'atmosphère au sud de Miami, près des Keys. Là-bas c'est le retour de la nature, les marais des Everglades grouillant d'alligators, l'eau croupie, l'air surchargé. Et encore cette verdure. Même l'eau est verte. C'est exactement à l'opposé que vous vous dirigez maintenant, la climatisation à une température méridionale, la radio braillant un rap trop américain, vous avez exagéré votre affection pour le hip-hop. Vous distinguez le bruit des sirènes de police, vous baissez la musique comme si vous étiez concernée. Les lumières des gyrophares se rapprochent. Vous filez sur l'avenue, la police à vos trousses. La voiture vous colle aux fesses. Vous êtes cernée. Shit, dites-vous. Vous parlez américain, bien sûr. Vous n'êtes pas inquiète, ce n'est pas la première fois qu'on vous arrête dans cette voiture. Cette voiture, celle de votre cousin, est décorée d'un film noir opaque sur chaque vitre. C'est illégal en France ; illégal aux États-Unis. Vous connaissez l'affaire, cinq minutes de négociation, au pire une amende de quelques dollars, une routine dont vous avez souvent été témoin. Soudainement, l'épouvante de vous entretenir vous-même avec la police vous fait considérer la fuite. Vous vous rabattez pitoyablement, vous manquez d'envergure. Un policier vous rejoint, vous baissez les vitres en signe de coopération. Do you know why I pulled you over ? Oui, malheureusement vous savez pourquoi vous êtes sur le bas-côté. So you are deliberately breaking the law ? Vous prenez l'air vexé, évidemment cette voiture n'est pas la vôtre. Vous, Monsieur, n'auriez jamais osé enfreindre la loi. Why not ? Comment cela ?

Manifestement seul un Américain au jugement peu développé poursuivrait une esthétique si grossière. Et vous, Monsieur, vous êtes française. L'officier n'a rien à faire du raffinement français, il demande votre permis. Là, c'est la catastrophe. Votre permis, Monsieur, vous ne l'avez pas. Enfin, pas sur vous. En revanche, vous décrirez aisément l'endroit où il se trouve. Rangé dans une enveloppe en cuir rouge, posée dans le premier placard à gauche de l'entrée de votre appartement, à Paris. Dans cette pochette, sont entassés vos anciennes cartes d'étudiante, votre permis deux-roues, la carte de la bibliothèque municipale renouvelée le mois dernier et une pince à cheveux. Tout cela à Paris, dans votre appartement. Vous en convenez, Monsieur, Paris ça fait loin. Vous êtes sincèrement désolée, I am really, really, really sorry, vous n'hésitez pas à mentir, I was sure that I took it with me. Vous n'êtes pas favorisée pour amadouer la police. À scooter un jour de partiel, vous aviez dépassé la limitation rue Saint-Jacques, entre le boulevard Saint-Germain et la rue Soufflot. Le petit manège du policier s'éternisait, paniquée vous avez regardé l'heure, plus que trois minutes avant la fermeture de la salle. Sous la pression, vous avez fondu en larmes. Vous suppliiez d'être impérativement à l'heure, autrement les surveillants ne vous laisseraient pas entrer. Sans cet examen, vous n'auriez pas votre semestre, sans votre semestre, vous n'auriez pas votre année, sans votre année, pas de diplôme, sans diplôme pas de travail. Une existence gâchée par un tronçon de rue insignifiant. Cet Américain est du même genre que celui de la rue Saint-Jacques. Il se contrefout de la description méticuleuse de l'emplacement de votre permis, de la quantité de poussière sur l'étagère, ces éléments qui pourtant vous donnent un air affable. Il vous répond que votre permis ne devrait pas être à sept mille kilomètres d'ici, you must have it on you, il doit être sur vous, au moins la preuve de son existence, une photographie, at least a copy, n'importe quelle preuve. Des preuves, Monsieur, vous n'en avez aucune, I am really, really sorry. C'est ainsi que s'est achevée la conversation, avant qu'il vous annonce que la poursuite du débat se ferait au commissariat. Vous clignez des yeux, un peu sonnée. Vous n'y êtes jamais allée. À Paris, chez vous, en France, surtout pas aux États-Unis, nulle part. Vous êtes abasourdie, le schnock s'impatiente. L'inconvénient c'est que vous n'avez pas vraiment le choix. Vous montez dans votre voiture pour conduire jusqu'au poste. Furieux, le schnock vous interpelle. What are you doing? Vous expliquez vos intentions, vous êtes prête à obtempérer. Il est sidéré. You really don't get it. Non, vous ne comprenez pas le problème. Il s'agace, vous répète que vous êtes en infraction, en infraction, hurle-t-il. Vous conduisez un véhicule sans permis, sans permis, illegally, insiste-t-il. Vous monterez dans sa voiture, our car, notre voiture, this car, you see this car, le véhicule de la police, celui-là, le vôtre restera exactement à cet endroit. You are not allowed to drive. Vous balbutiez, oui, oui, c'est clair, en regardant le sol. Vous vous concentrez pour pleurer, en vain. La vision de votre voiture abandonnée sur le bas-côté de Dixie Highway vous brise le cœur. Vous hésitez à la saluer, certaine que vous ne la reverrez pas, mais l'agitation du schnock vous glace. Vous vous installez dans le véhicule de police, s'il y a un endroit plus obscur que le commissariat, c'est bien le siège arrière d'une voiture de police. Vous soupirez. Vous n'êtes absolument pas là où vous devriez être. Vous jetez un dernier regard en arrière, attristée, la vie d'avant s'éloigne furieusement. Vous auriez deux ou trois questions à poser sur la destination, l'usage du téléphone, votre avenir proche, vous jugez préférable de vous taire. La ville a basculé dans le lointain. Drôle de point de vue, coffrée dans une voiture de police. Vous êtes dans la vie, à la fois au-dehors, en contemplatrice. Le monde se tient devant vous, juste là, pourtant inaccessible. Il y a quinze minutes vous étiez libre d'acheter une glace, de manger un burger avec une tonne de frites. Vous êtes nostalgique des enseignes qui défilent sur l'avenue. Vous dépassez Cold Stone, une marque de glaces américaine, le summum gustatif de la société de consommation. Là-bas on vous propose de choisir le parfum de votre crème glacée, d'y saupoudrer des dizaines de fantaisies, vous pouvez recouvrir l'ensemble de chantilly, la chantilly de chocolat fondu, le chocolat fondu de caramel chaud. Votre mélange ne varie pas, une glace *Classic Cookie Dough Ice Cream*, un parfum sans goût avec des morceaux de pâte à cookie crue, plus un double supplément d'Oreo, des pépites de chocolat blanc et des mini-Marshmallow. Les ingrédients sont disposés sur une plaque de marbre, écrabouillés comme une omelette. Ça, c'est la liberté. Et à cet instant, votre liberté est totalement cramée. Vous allez dépérir en prison, chou kale matin, midi et soir. Are you alright back there ? Le schnock vous réveille. Oui, oui, merci. On ne peut pas dire que ça aille mal, on ne peut pas dire que ça aille bien. I'm dreaming of Cold Stone right now. Le schnock s'étonne. Oui, vous en convenez, les glaces ne sont pas extraordinaires, mais Cold Stone c'est l'Amérique qui n'existe pas en France. Celle vers laquelle vous voyagez. You don't have Cold Stone in France ? Do you hear that ? Le schnock secoue son collègue, they don't have Cold Stone in France. C'est à chaque fois la même chose, cette aberration typiquement américaine de ce que la

France ne possède pas. Walmart, In-n-Out, Target, Chick Fil-A, Shake Shack, la liste se réduit cependant d'année en année. They don't have Cold Stone in France, can you believe it ? Il est lourd ce schnock. La voiture s'arrête ; c'est laid dehors. Le commissariat est un cube bleu ciel à deux étages défraîchi, seul sur le bord de la route, coincé entre deux palmiers harassés. Vous n'êtes clairement pas là où ça se passe, on vous a amenée au rebut. Vous suivez le schnock dans son bureau, il vous colle en face de lui. Would you like something to drink? Non, merci. Installé à son poste, il tapote sur l'ordinateur. Linoléum collant, lumière blanchâtre, faux plafond, la mocheté est comparable aux bâtiments du service public français. La porte entrebâillée, vous épiez le couloir. Vous n'entendez pas distinctement les conversations, l'accent américain en bruit de fond vous transporte dans un film. Le présent n'est pas votre vie, que dire du linoléum, s'il y a un élément qui fait outrage à votre réalité, c'est cette texture dégueulasse. Vous décollez doucement les pieds, ce bruit répugnant de vos semelles, beurk, vous frissonnez. Sur le bureau des bibelots d'équipes de baseball, marques de sport, autocollants d'université, University of Miami plaqué vert et orange. Belle école à cinq cents mètres de chez votre magistrat, pelouses tondues au millimètre, trois Starbucks, piscine de compétition, Drake l'a prise pour décor. Dans les bassins une espèce insolite, le canard à bosse, knob billed duck, un animal du Sud, Amérique tropicale, Afrique subsaharienne, sud-est de l'Asie. La protubérance sur leur bec peut causer un malaise, n'ayez crainte ils sont en parfaite santé. Derrière le schnock, des affiches et figurines de dinosaures, vous dites, I like dinosaurs too. Vous êtes si seule au milieu de cette Amérique étrangère, vous avez besoin que ce schnock vous ressemble. I wanted to be a paleontologist, vous répond-il. Vous êtes désarçonnée, what made you change your mind ? demandez-vous. Life, la vie, dit-il, en tripotant son clavier. C'est tout ? Pas bavard, le schnock. Vous n'abdiquez pas, I understand. I wanted to be a veterinarian. Il lève enfin les yeux, and what do you do now ? Votre réponse l'a abattu, pire que son propre échec, être le témoin de votre ratage est un calvaire. Il tente de se dominer, que traduisez-vous ? Vous prenez un ton nonchalant, des articles de presse sur la guerre, wars, international conflicts, Afghanistan, Syria, Libya, vous vous arrêtez subitement. Son regard se plombe d'une amertume infinie. Hum, soupire-t-il, à nouveau les yeux rivés sur son écran. Rien à faire, vous êtes deux étrangers. Dans le couloir on circule, ça sent le café, du pur jus de chaussettes américain, vous inhalez l'odeur de l'excitation. L'atmosphère vous attire, vous demandez les toilettes. Beurk, le linoléum. Les bureaux sont remplis, chacun assis derrière son poste, ambiance très administrative, pas vraiment celle de *Miami Vice*. Les téléphones sonnent, Hi, hi, hi, goodbye, goodbye, thank you, cette mélodie chaleureuse. Sur votre gauche un distributeur, votre petit monde de la consommation ramassé en une grande boîte. Vous brandissez la carte bleue, peu importe le prix que coûtera le goût de l'extérieur. B64, le Hershey's aux Oreos plonge du quatrième. That's my favorite, vous dit un homme en passant. And this is your drink, ajoute-t-il en pointant du doigt une canette d'Orangina. You can't find it anywhere else. Prise d'un entrain démesuré, vous affirmez que l'Orangina est pratiquement introuvable aux États-Unis, c'est un soda français, et vous, Monsieur, vous êtes française. Vous souriez bêtement, vous êtes génialement française. L'homme est épaté, what are you doing here, demande-t-il. Ah. Vous êtes à Miami pour le mariage de votre cousine. Oui, oui, votre famille paternelle vit ici, seul votre père s'est catapulté en France. Ah non, vous n'êtes pas américains, vous venez d'Haïti, mais vous, vous ne l'êtes qu'à moitié, il y a trois semaines vous ne l'étiez pas du tout. Un matin, une journaliste vous a laissé un message pour vous dire que vous étiez noire, vous avez cherché la signification dans le dictionnaire, saviez-vous que noir n'est pas une couleur? Non, malheureusement vous ne pourrez jamais rappeler cette femme, vous n'avez pas écrit son numéro, le message a été effacé. Sinon, vous êtes au commissariat car vous avez oublié votre permis à Paris, sur l'étagère poussiéreuse à gauche de votre entrée. L'homme croise les bras. Who's that journalist again, demande-t-il. Les pauvres, ils posent tous la même question, qui est cette journaliste, qui est cette journaliste, qui est cette journaliste? Même réponse. Vous n'en savez rien. D'une mine consternée, il continue, who does that, qui appelle de la sorte sans se présenter, comment a-t-elle eu vos coordonnées? That's very rude, to say that you're black. Oui, oui, oui, parfaitement d'accord avec vous, Monsieur, très, très rude. Cet homme a raison, qui est cette femme pour vous appeler d'une couleur qui n'existe pas? So rude, insistez-vous. She clearly has some issues. Ah bon, vous croyez qu'elle a des problèmes? Des ennuis familiaux, certainement beaucoup de pression à son travail, c'est désolant, pauvre femme, dites-vous. L'homme est curieux, there's no way to retrieve the message? Ah, nous y voilà. Non, Monsieur, à part si la demande est transmise à l'opérateur par un courrier d'une instance légale. Hey, what are you doing? Vous sursautez, votre schnock arrive d'un pas agacé. Les papiers sont prêts, il vous attend dans son bureau.

Ses ambitions foirées de paléontologue vous attendrissent. Retour à Jurassic Park, vous êtes déçue. Here you go, il vous tend un document à remplir. Vous parcourez brièvement la fiche, les questions paraissent simples. Vous excellez aux premières cases, plus bas vos yeux se braquent : *race*. Vous lisez les propositions : *Caucasian, African American, Hispanic, Asian, American Indian* et *Other*. Vous relisez. Vous ne comprenez pas la question, que dire des réponses ? Le schnock vous fixe, check the appropriate answer. Merci, vous saisissez le principe. Vous demandez, cette question est obligatoire ? Vous dites cela, is this question mandatory ? Yes, it's part of your identification. Vous êtes consternée. Votre identité ce sont vos nom, prénoms, vos date et lieu de naissance, votre résidence, et basta. Vous lisez encore. Qu'est-ce que cette histoire de *race* vient faire là ? Vous êtes en infraction pour avoir conduit sans permis, sans preuve d'être en possession d'un permis valide, sans moyen de venir le déposer dans les quarante-huit heures. Qu'est-ce que votre *race* vient faire là ? Le schnock vous observe, what's the problem ? Vous vous agitez, I'm confused. Just check the appropriate answer, have you never filled a form before ? Ce schnock vous traite comme une imbécile, à ce jeu-là vous brillez. En effet, vous n'avez jamais rempli un formulaire aussi niais. Gêné il répète, hum, just check the appropriate answer. C'est un schnock à une gamme. There is no appropriate answer, dites-vous. Aucune des réponses n'est appropriée. Le schnock s'impatiente, are you Caucasian ? Non, je ne suis pas caucasienne. Are you African American ? Non, je ne suis pas noire américaine. Are you Hispanic ? Non, je ne suis pas hispanique. Are you Asian ? Non, je ne suis pas asiatique. Are you American Indian ? Non, je ne suis pas indienne d'Amérique. Here you go, check *other.* Voilà, la case à éviter. Celle qui ne veut rien dire, this is meaningless, protestez-vous. Cette case est vide, vide, vide, vide, répétez-vous. Sorry, Ma'am, I didn't write this form. Just check an answer, please. Depuis deux semaines, vous vous débattez avec cette construction pourrie de votre identité, quinze jours que vous tâchez de donner consistance à une réalité morte, tous ces efforts pour ça ? Pour cocher *autre*. Tout cela pour ça ? Vous êtes en colère. Sorry, Ma'am. Ses excuses, vous vous en tapez. L'administration américaine a fait de vous une case nulle. Le schnock ne vous lâche plus. Vous hésitez à sélectionner *African American* pour duper le vide. Vous n'êtes pas plus noire que blanche, ni afro-américaine, pourquoi pas *Caucasian* ? Why would you choose something you're not ? Just check *other.* Votre hésitation est pesante pour lui, pour vous, si vous n'arbitrez pas, vous passerez la nuit ici. Votre ami du distributeur n'est pas si loin, pourquoi n'est-il pas là ? Le bureau juste à côté c'est trop de distance. Vous êtes cloîtrée avec un schnock qui n'a d'affection que pour les dinosaures. C'est facile d'adorer ce qui a disparu, et les vivants il en fait quoi ? Dans des cases, allez tous dans des petites cases. Il ment, c'est lui qui a inventé ce formulaire, il a méticuleusement articulé ces catégories, la pire, *other*. Dans *other*, a-t-il déclaré, j'y rangerai les espèces inconnues, les hybrides, les instables, la première case sera réservée au somptueux tyrannosaure, classe Sauropsida, famille des tyrannosauridae, environ 13 mètres de long, 5 mètres de hauteur, un poids pouvant atteindre 8 tonnes, superprédateur au sommet du sommet de la chaîne alimentaire. N'oublions pas la case tortue de boue rayée, oui celle-là, juste avant *other*. Are you okay ? vous demande-t-il. Vous le dévisagez, cochez *other*, avec dédain. Son visage se détend, il soupire en s'affalant. Vous lui rendez le document signé, il tapote sur son clavier, imprime une amende de 300 dollars. La somme vous pince, you can now call someone to come pick you up. Oui, oui, vous appellerez votre magistrat, il sera enchanté de vous récupérer dans ce trou miteux. Le schnock vous accompagne à l'accueil, vous le saluez. Sur le parvis, vous vous approchez des deux palmiers courbaturés. Vous êtes fanée comme eux. Hey, une voix vous interpelle. Votre ami du distributeur arrive en courant. Il vous offre une canette d'Orangina, vous êtes tellement éreintée, vous pleurez quelques larmes. Thank you so much, vous répétez dix fois. I also wanted to give you this, dit-il. Vous ouvrez l'enveloppe. À l'intérieur, un courrier adressé à Horizon signé de sa main, Monsieur le commissaire. Vous vous retenez de l'enlacer, remerciements interminables. Vous lui serrez la main. I hope this will work, dit-il, plein d'espoir. Vous aussi, fortement. You look exhausted, remarque-t-il. Oui, le schnock vous a fatiguée avec ses cases. L'homme rit, not very French ! Non, on ne fait pas ça en France. C'est votre spécialité à vous, Américains, de faire d'un drame un questionnaire à choix multiples.

28.

Vous êtes bien laide ce matin. Il ne reste de votre supposé bronzage qu'une pelure repoussante. La crème *After Sun* a étouffé les cloques, néanmoins vous vous désagrégez. Dur, dur de vous promener à l'ombre, Miami vous sollicite au grand jour. Une ville gaie, verdoyante, vous êtes stupéfaite qu'elle soit si verte, le seul adjectif à votre disposition. Vous avez ressassé l'excursion au commissariat, le schnock paléontologue, le linoléum, les palmiers tout foutus, quand le détail le plus singulier vous a fait tressaillir. Lorsque le schnock vous a tendu son stylo, vous l'avez naturellement saisi de la main droite. Ultérieurement, c'est avec cette main que vous avez complété les premières lignes de son formulaire à la noix, puis coché la case *other*, entre deux protestations. L'observation vous a mené plus loin. Vous écrivez de la main droite depuis que vous avez laissé la France. Dans l'avion, vous avez rempli la déclaration de douane en droitière, le coude flanqué dans le hublot. Vous êtes donc, aux États-Unis, parfaitement rectifiée. Votre nom, ici, ordinaire, votre peau semblable aux autres, votre cerveau remis dans le bon sens, vous disparaissez comme nulle part ailleurs. Vous voudriez confier la vérité aux gauchers d'Instagram, ce serait le prix de la liberté. Mais le trouble d'une polémique vous afflige davantage. Vous envoyez, *Merci*, quatre fois, dispensée des formules de politesse, Adieu la gauche, la France et les Français. Vous quittez votre chambre, le programme du jour est identique à celui de la veille, commissariat en moins. Le long du couloir sont accrochées des photographies de votre famille. Vos cousins, oncles, tantes, ici votre grand-père. Sa beauté vous fascine. Il est élégant, son regard empathique. Vous le regrettez. L'histoire de votre nom, c'est son absence. Comment être sans toi ? Vous dites, tu me manques. Ce trou dans votre corps, c'est ta place. Le petit creux au ventre, au cœur, dans les poumons, un peu dans les jambes et dans les bras aussi, c'est lui. Un vide sournoisement dévorateur. Autrement que le songe de votre Ima, elle que vous avez touchée, à qui vous avez parlé, écrit, pensé. Vous avez fabriqué votre grand-père par ses traces. Dérobé à ses enfants leurs qualités pour lui donner forme. Et les défauts ? Je crois qu'on s'en moque. On le raconte fortement casanier. C'est amusant, vous aussi. Pas un grand adepte des changements. Vous non plus. Être comme lui, c'est essentiel d'être comme lui. Votre grand-père est mort dix ans avant votre naissance. On ne peut pas dire que vous l'avez raté de peu. Que pouvez-vous aimer de ce vide ? Ses livres, peut-être. Son nom imprimé sur une couverture, le même que le vôtre. L'histoire de notre nom, c'est ton absence, dites-vous. À gauche de son portrait, son frère. Un homme malingre ayant succombé à l'alcool. Il buvait avec dignité, pas comme vous l'autre soir. Ensemble ils s'entretenaient de la littérature française, déploraient la fin du roman classique, se lamentaient de l'avenir déplorable de la langue. Pas un grand adepte du changement. Comme vous. Pas un grand buveur, votre grand-père. Vous avez hérité du frère. Votre oncle vous surprend. Vous lui faites signe de vous rejoindre. Il me manque. Devant l'image de votre grand-père, vous avouez, si tu savais combien il me manque. Vous ajoutez être alcoolique comme son frère. Vous insistez, un jour mon foie se suicidera. Votre oncle sourit, les traits gracieux de son père, il vous tend les clefs de sa voiture. Ce matin, ajoute-t-il, il a envoyé par e-mail le courrier de votre commissaire. Merci, dites-vous. Retour sur Dixie Highway, vous déviez légèrement à gauche pour emprunter la 95, vers le nord. Immeubles quelconques, feuillages jaunis. C'est à l'allure des arbres qu'on reconnaît les quartiers de la ville. Il y a des palmiers de riches et des palmiers de pauvres. Les palmiers des quartiers chic sont glorieux, luxuriants, gavés d'eau, verts, encore ce vert, que dire d'autre ? Alors que chez les pauvres, ils colonisent la route d'un air souffreteux, desséchés jusqu'à la racine, leur tête s'achève désespérément vers le bitume. Vous dépassez Brickell à votre droite, East Little Havana à votre gauche, vous persistez vers le nord, franchissez Wynwood jusqu'au croisement avec la rue 62 Nord-Est. Voilà, vous êtes arrivée à Little Haïti, minuscule quartier appelé Petite Haïti. Sans surprise c'est une des parties les plus pauvres de la ville. Végétation cramée, toitures effritées, caravanes planquées entre deux ruelles, ça pue la tristesse et ça grouille de vie. Partout où se déplacent les Haïtiens, ils y traînent leur misère. Beaucoup fuient Haïti, pour ceux qui s'en sortent, les autres moisissent sur place, certains arrivent à Miami, pour dépérir dans une version minuscule de leur île cramoisie. Beaucoup c'est flou, mais c'est déjà trop. Ils sont trop nombreux à déguerpir pour finir dans ces taudis. Les plus chanceux rejoignent une partie de leur famille installée aux États-Unis ou en Europe. La seule ambition, c'est la fuite. Une femme vous avait dit exactement cela, pour nous, il n'y a pas d'autre perspective que de fuir, si Haïti ne bousille pas vos ambitions, elle vous tue vous-même. Votre grand-père est parti, milices à ses trousses jour et nuit. La question n'était pas de pouvoir faire ceci, ou cela, c'était fatalement vivre ou mourir. On l'aurait assassiné ou jeté en prison, là il aurait croupi jusqu'à la fin de sa vie. Il a cherché du travail aux États-Unis, une attente interminable. Enfin un poste perché au sommet de l'État de New York. Il s'est installé sur son glaçon avec femme et enfants, enseignant la littérature française, dédaignant l'anglais. Pour un homme raffiné, l'américain c'était une faute de goût. Il n'est pas retourné en Haïti. Certains le font. Partir. Revenir. Les autres sont dégoûtés. Leurs tentatives écrasées par ce pays malheureux. Et il y a vous. Témoin impuissant, suffisamment lointaine pour ne pas souffrir, planquée dans votre voiture à contempler les vies foirées, vous êtes dégueulasse. Une femme vous interpelle, devant le centre culturel. Elle vous accueille en créole, vous êtes navrée, vous hésitez à répondre en français, certainement est-elle née aux États-Unis, bercée par l'anglais, créole à la maison, le français au feu. Vous êtes figée, incapable de prononcer un seul mot. Vous ne parlez aucune langue. Elle relance, bonjour. Vous vous illuminez, elle propose son aide. Sans hésitation, vous déballez l'histoire de l'appel, votre aventure transatlantique. Le dernier mois d'août de votre Ima, la mort de votre grand-père, le nigaud de Château d'Eau, le petit pois que vous étiez en Haïti, votre alcoolisme raisonné, votre panique du changement, celle de votre grand-père, son absence, le type du bus, celui du métro, le vide, l'Égyptien, le vide, l'avion, ici. En somme, comment Haïti vous est tombé sur la tête. Cette dame est légèrement perdue. Elle se concentre sérieusement sur votre désordre puis déclare que vous êtes, ici, la bienvenue. Vous dévorez ses mots, vous êtes, ici, la bienvenue. Je suis, ici, la bienvenue, répétez-vous. La France, pourtant, vous l'adorez. Vous y éprouviez le plus grand confort, avant le jour de l'appel. Avant ce jour, précisez-vous. Ensuite votre monde a capoté. But how did she know you were black? Demande-t-elle. Aïe, aïe, aïe, la même rengaine. Madame, c'est le nœud de l'affaire, vous n'en savez rien, répondez-vous. La lettre de votre commissaire est votre dernière chance d'élucider le mystère. Si cette tentative échoue, votre inconscient aura gagné. Au lieu de flinguer le père, cet imbécile aura tué la journaliste. That's so weird, s'exclame-t-elle. Je sais, bizarre, bizarre, bizarre. And those creepy people you've met in Paris, so weird, ajoute-t-elle. Je sais, des gens bizarres, bizarres, bizarres. Ici, vous n'êtes pas à plaindre non plus, vous cochez des cases assez minables. I know, se lamente-t-elle. Weird, really weird. Bref, vous écourtez. Vous êtes venue pour goûter une krémas quasi authentique.

La dame est soulagée, votre demande est du genre accessible. I know exactly where to go, se vante-t-elle. Vous prenez l'air sérieux. Madame, vous êtes l'héritière d'une recette ancestrale, I am extremely picky. Vous froncez les sourcils pour décourager sa curiosité, vous ne dévoilerez pas que votre impatience de l'Europe du Nord a tourné au mixeur. Vous notez ses indications, merci, goodbye, sautez dans la voiture. L'adresse vous mène devant une quincaillerie. Vous scrutez le bâtiment, dans la vitrine une sélection exhaustive de boulons. Dans la boutique, votre intérêt se porte vers un tournevis planté d'un drapeau haïtien, une trousse d'écolier contenant vis, trombones, clous et agrafes. Un homme s'approche de vous, Hi. Are you looking for anything special ? Oui, un objet spécial que vous n'osez nommer. Commander de l'alcool dans une quincaillerie, vous vous sentez transportée à la prohibition. Vous chuchotez mystérieusement en français, une krémas, s'il vous plaît. L'homme vous invite à l'attendre. Vous priez que krémas ne soit pas le code d'une chose dont vous ne voulez pas du tout, du tout, du tout. Il revient, vous tend un sac en papier kraft. Vous fouillez, l'objet interdit ressemble à votre boisson. L'homme vous demande 10 dollars. 10 dollars ? Vous rapportez qu'à Château Rouge, c'est 60 dollars. Il rit. The French, such rip-offs. Vous donnez la somme et désertez. Des rip-offs, des rip-offs, les Français ne sont pas tous des charlatans. Il peut parler du nigaud de Château Rouge comme d'un Français, votre nigaud est aussi haïtien que lui. Vous regardez l'horizon. Cette vue usurpe celle de votre portion d'île. Si proche, petite à Miami, la vraie par la mer, toute proche par l'océan. Vous débouchez la bouteille. Qu'attendez-vous ici ? Au goulot, bottoms up !

29.

Vous courez dans la cuisine en agitant un morceau de papier, tout est en ordre, criez-vous. Tout est en ordre. Vous serrez votre tante dans vos bras. Tout est en ordre, murmurez-vous. Vous vous asseyez sur l'îlot central, vous êtes dans une cuisine américaine, un espace assez vaste pour manger, travailler, lire, dormir, vivre. Vous souriez bêtement, le cœur excité, demain. Vous dites, demain. Votre tante soupire, oui, demain malheureusement. C'était demain ou jamais. Vous insistez, c'était demain ou jamais. Votre tante n'est pas joyeuse de revenir en Haïti. Elle vous accompagne, c'était pire de vous laisser seule. Au réveil, vous avez annoncé votre décision. Demain, je pars sur mon île. Votre famille a fait une drôle de tête. Les crêpes ont brûlé, les œufs ont explosé dans la casserole, l'eau bouillante a débordé sur le gaz, le thé a ranci dans la théière, le petit déjeuner légèrement massacré. C'est irréaliste de partir dans vingt-quatre heures, a protesté le magistrat. Vous avez répondu qu'il n'en serait pas autrement. La brioche a cramé dans le grille-pain. D'accord, a-t-il cédé, à une seule condition, je m'occupe du voyage. Vous logerez chez une cousine, elle tient un hôtel à Port-au-Prince. Un chauffeur vous conduira dans une voiture dont il ne faudra pas bouger. Tu ne sortiras pas de la voiture, a-t-il insisté. Le bacon s'est dissous dans la poêle. Comment voir Haïti sans y être ? Le jus d'orange s'est évaporé. Pas de promenade, pas de baignade, pas de boutique, pas de monument, une seule visite, tu ne feras qu'une seule visite, a-t-il conclu. Les circonstances étaient définies. Vous serez de retour le lendemain à Miami. Vous avez acquiescé. Désormais, tout est en ordre. Votre tante s'assied en face de votre îlot. Elle habite Atlanta, environ dix heures de voiture de Miami en roulant bien. Vous pouvez en attester, son mari roule très bien. C'est elle qui vous a promenée à Kennesaw Mountain. Je suis malheureuse à Miami, d'être à la fois proche et loin de mon île, lui confiez-vous. Après trente années d'absence votre tante est retournée en Haïti l'été dernier, je n'irai plus jamais, a-t-elle juré. Le pays était méconnaissable. C'était inconcevable qu'elle puisse avoir un lien avec cet endroit, que ce lieu soit celui de sa naissance. Elle s'est sentie posée sur cette terre sans aucune affection. Le spectacle de la ville défigurée a détruit le fragile souvenir qu'elle hallucinait de son enfance. J'espère que tu ne seras pas plus malheureuse d'y être allée, répond-elle. La suite, ça vous est égal, ce qui vous importe c'est le voyage, les billets d'avion que vous brandissez, *MIA Miami International, American Airlines AA378, PAP Port-au-Prince*, durée du vol : une heure et cinquante-huit minutes. C'est un départ. Vous ne souffrez d'aucune peur, d'aucune retenue, d'aucune réticence. Merci, dites-vous. Vous remerciez votre tante de renoncer à elle-même. Elle rit, ce que vous l'obligez à faire. Vous secouez la feuille de papier, demain vous serez en route. Haïti n'est certainement pas une destination. Définitivement plus un regret.

30.

Vous ne pouviez pas dormir cette nuit, mais votre sac est prêt. Un pyjama, une tenue de change. *Je pars en Haïti aujourd'hui*, vous avez écrit à votre géologue. Il regrette d'être bloqué dans le Ve. Vous compatissez. *Bon bèt*, a-t-il conclu, formule que vous aviez aperçue sur Facebook, accompagnant un livre ou un article. Au pif vous l'aviez traduite par, bonne pioche. Naturellement votre devinette est fausse, vous n'avez rien à piocher hormis Haïti, et on ne peut pas dire que ce soit une bonne pioche. C'est plutôt un coup de pioche sur la figure. Votre tante frappe à la porte, il faut partir. Vous attrapez votre sac, cavalez dans les escaliers, saluez l'équipe avant de sauter dans la voiture. En route pour l'aéroport. Votre oncle est inquiet, il énumère les choses à ne pas faire, à ne pas dire, ensuite vous avez cessé d'écouter. Oui, oui, oui, oui, répondez-vous, bien sûr, mais oui, oui, oui, oui, sans la moindre idée de ce à quoi vous acquiescez. Votre corps est énervé, pressé, votre impatience contradictoire, excitée par la nouveauté, angoissée par l'inconnu. Un inconnu bizarre. Pas totalement méconnu, imprégné d'une réalité obscure, ou devinée. Cette découverte ce sera fatalement un renoncement. Haïti n'a d'exact que le réel. La voiture se gare devant l'aéroport. Vous êtes prête. Vous descendez, embrassez votre oncle. Il y aura dans votre existence un avant, un après Haïti. Les formalités se déroulent rapidement. Pas de bagage, pas de visa, votre déplacement est succinct. À l'embarquement on discute en créole, vous interrogez votre tante, elle n'y comprend rien. J'aimerais bien parler créole, dites-vous. Elle s'étonne, pour faire quoi? Vous haussez les épaules. Votre nostalgie haïtienne, cette tourmente assez niaise évoquent chez elle un sentiment déchu. Son passé c'est d'avoir été arrachée de son île à quatre ans. Le lendemain aux États-Unis, nouvelle langue, nouvelle maison, nouvelle école, de nouveaux amis, une nouvelle ville en Amérique du Nord, là où il fait froid et moche. Comment ne pas détester l'île? Comment ne pas haïr son irrévocable chaos? Ces questions vous ont assommée, vous vous êtes réveillée sentant l'avion atterrir. Vous y êtes. Vous agrippez la main de votre tante, nous y sommes. L'aéroport Toussaint-Louverture identique aux autres, les couloirs pareils à toutes les constructions, les tapis roulants similaires aux tapis roulants, les pancartes d'indication convenables, l'attente au contrôle douanier passable. L'agent vous scrute bizarrement, vous n'avez pas l'apparence de voyageuses. Plusieurs détails le tracassent, le passeport américain de votre tante, le vôtre français, pas de sac à dos, pas de valise. Le schmuck est consterné. Il sonde vos projets, fouille vos papiers, examine vos billets, vous dévisage. L'une après l'autre. Vous n'êtes ni anormales ni normales, pour un schmuck de la police haïtienne, c'est trop. Votre tante s'impatiente, elle s'en fout de ce pays. Elle aurait préféré rester au bord de la piscine. S'il ne veut pas d'elle, qu'on l'embarque dans l'avion. Le schmuck est un peu sonné. Je m'en fous de ce pays, c'est quand votre tante a prononcé cette phrase qu'il s'est ratatiné. Il vous rend vos passeports. Tout va bien, demandez-vous ? Le schmuck est mutique. Ils ont peur de nous laisser entrer alors que la vermine fourmille sur place, votre tante est en colère. Vous parcourez les derniers mètres jusqu'au hall des arrivées, un homme brandit votre nom sur une pancarte. Il vous accueille chaleureusement, je serai votre promeneur sur l'île. Suivez-moi, il vous présente le tank. Il dit exactement cela, voici le tank. Vitres pare-balles, portières blindées, l'engin noir opaque, ici ce n'est pas du bricolage. Qui êtes-vous pour traverser un pays dans un char? Une raclure de l'Europe du Nord, de celle où il fait froid et moche, ou la racaille dont parlait votre tante? Peu importe là où on se place, en Haïti tout est histoire de vie ou de mort. La scène vous débecte, votre escapade abritée de vingt-quatre heures est obscène. Vous contenez vos larmes, votre nausée, le désir irrépressible de vous faire du mal, cette voiture dégueulasse, vous feignez l'émerveillement. Quelle construction. Vous dites cela, quelle construction. Enchanté le chauffeur ouvre la portière. Votre tante devine la tristesse, silencieuse elle vous rappelle que vous seule vous êtes infligée cela. Vous hochez de la tête, il n'y avait pas d'autre choix. 9, rue du Centre, à Port-au-Prince, s'il vous plaît. La voiture démarre, les vitres d'un noir accusé, vous ne devinez rien au-dehors. Vous collez le nez au carreau, c'est absurde. Agacée vous baissez la vitre, le chauffeur la remonte, vous êtes inconsciente, s'écrie-t-il. Aucune lumière, aucun son, aucune odeur ne vous parvient, vous n'êtes pas plus à Haïti que dans un tombeau. Vous marmonnez, je suis ici. Vous êtes ici. Votre tante saisit votre main, tu es ici, répète-t-elle. La route se poursuit ainsi, vous inventez les ombres. Le chauffeur se retourne, vous êtes arrivés. Il y aura dans votre existence un avant, un après Haïti. Vous vous levez doucement, ouvrez la portière, posez lentement le pied au sol, le second, vous vous redressez, la mer est proche. L'odeur salée de l'air, une brise légère, le vent est humide. Devant vous une maison à deux étages, une construction récente en parpaings bruts. Ils sont empilés comme des Lego, collés par d'épaisses couches de ciment, le trottoir défoncé, l'entrée encrassée de poussière, la cour de la maison couverte d'une terre éclatée. Vous vérifiez le numéro sur la boîte, 9. C'est impossible, vous regardez votre tante, c'est impossible. Où est la véranda ? C'est sous la véranda que votre Ima dansait. Le fils des voisins à l'harmonica, votre oncle au piano, c'est sous la véranda qu'ils jouaient, là aussi que votre grand-mère mélangeait sa krémas. Peut-être dans le jardin, suggère votre tante. Non, je me suis créée autour de cette véranda, le 6 est l'envers. Vous tripotez le 9 pour le rectifier. Il se cramponne. Un homme vous scrute par la fenêtre, qu'est-ce que vous trafiquez ? Pardon, vous demandez pardon, vous cherchez la maison au 9, rue du Centre. Il vous invite à passer le portail. Vous avancez, votre tante vous suit, le chauffeur attaché à son tank. Bonjour, vous vous saluez sur le seuil. C'est la bonne adresse, que voulez-vous ? Voyez-vous, Monsieur, ici, ici même, là où vous vous tenez, en cet endroit précisément, ce devrait être la maison d'Ima. Vous, Monsieur, vous-même, êtes la nièce de votre oncle géologue ayant résidé ici il y a plusieurs années. Se dessine sur le visage de l'homme une expression d'effarement, vous êtes la fille de votre père ? Oui, répondez-vous. Vous êtes la fille de votre père, la petite fille de votre grand-mère, la nièce de votre oncle, la cousine de votre cousin, etc. L'homme est abasourdi. Il a bien connu votre père, votre Ima, votre oncle, votre cousin, etc. Ces liens vous rassurent, vous n'êtes pas égarée. Il demande des nouvelles de votre famille, vous l'interrompez. La maison ? La maison d'Ima où est-elle ? Son regard s'assombrit, il baisse la tête, détruite par le tremblement. En miettes. En miettes, répétez-vous. En miettes. Un tas de poussière. Des gravats partout. Des miettes partout. Vous demandez, des miettes ? Une fois de plus, une fois de trop, ce mot vous égorge, il compresse votre estomac, vous posez la main sur le mur pour vous maintenir. Oui, répond-il, un tas de miettes. Il le prononce encore, ce mot. Vous voulez qu'il le répète jusqu'à ce qu'il vous crève. La douleur est insoutenable. Vos jambes ne servent à rien, ce corps ne sert plus qu'à la souffrance. Vous pourriez hurler tellement fort, il n'y aurait que cela pour vous soulager, hurler ou mourir. C'est insupportable, Monsieur, excusez-moi mais c'est insupportable. Je suis désolé, l'homme s'excuse, je suis désolé. Ima est partie vivre ailleurs. Ma maison aussi a été ravagée et il était plus commode pour nous de reconstruire ici que là-bas.

L'homme est donc venu vivre au 9, rue du Centre, avec sa femme et ses enfants. Vous comprenez? demande-t-il. Oui. Vous comprenez. Lui aussi a tout perdu, il dit cela, moi aussi j'ai tout perdu. Il n'avait pas les moyens de bâtir la maison telle qu'elle existait. Nous étions pressés, vous comprenez ? Oui. Vous comprenez. Pour mes enfants, pour ma femme, je devais me dépêcher. On dormait dans une tente. Ici. Ici, juste là, il pointe un coin du jardin. Vous dormiez là ? Oui, pendant des mois. Il fallait faire vite. Je suis désolé. Vous n'êtes plus réellement dans votre corps, fracassée par la réalité vous avez laissé chaque muscle vous broyer de l'intérieur. Vous n'avez plus de cœur, plus de poumons, plus de ventre, plus de jambes, plus de bras, votre tête est en flottement maintenue par la désolation de cet homme. Vous ne vivez que pour lui. Vous songez à votre vide, celui qui vous obsède, le sien ce n'est pas une absence, c'est son existence explosée. Entassée devant lui comme des ordures dans l'atmosphère puante de la décomposition. Le voilà, le vide. Le vôtre est presque indolore. Tout le monde va bien, dit-il. Ne vous en faites pas, ma famille va bien. Il n'y a qu'une chose à sauver, c'est la vie. Tant pis pour les maisons, tant pis pour les souvenirs, tant pis pour les objets. Tout le monde va bien, répétez-vous. Oui, vous rassure-t-il en posant une main sur votre épaule. Il vous propose de le suivre. Ce qu'il faut sauver, c'est la vie. Sa maison est gaie et installée, des photographies au mur, des jouets dispersés, l'odeur du café brûlant, il vous convie au salon. Voici la maison d'Ima, intacte sur une image. Fidèle à votre imaginaire, la véranda, deux chaises autour d'une petite table en bois, la porte ouverte. Il y avait une véranda? demandez-vous. Bien sûr, la porte restait ouverte, ajoute-t-il. Vous souriez. Chez Ima, la porte était toujours ouverte. Certains jours, il y avait tellement de monde, on s'asseyait sur les marches. Là, juste là, sur ces trois marches. J'aurais aimé les reconstruire, c'est amusant les marches, vous ne pensez pas? Oui, certainement. Je suis désolé que vous n'ayez pas trouvé ce pour quoi vous êtes venue, dit-il. Monsieur, c'est moi qui suis arrivée dix ans trop tard. Vous auriez dû l'appeler, vous dites cela, j'aurais dû l'appeler. L'été suivant quand elle n'est pas revenue, lui dire que les histoires des adultes vous vous en foutiez. J'arrive trop tard, insistez-vous. Vous ne retenez plus vos larmes, ces années bousillées vous égorgent. Votre tante s'effondre. Elle ne dira rien, mais l'île c'est la fuite, la maladie de votre grand-père, c'est la mort de son père quand elle avait seize ans. Vous l'enlacez. On peut vivre avec nos morts, dit-elle. Vous l'espériez aussi, mais votre histoire a sombré sous un tas de cailloux. L'homme se décompose, vous êtes au milieu de son salon devant des photographies de scènes décapitées, de gens disparus, vous deux inconsolables, il vous tend un mouchoir. Le pauvre homme n'ose plus rien dire, plus rien faire, chaque parole encourage votre détresse. Au loin, vous percevez un son, vous avez un chien ? L'homme a senti dans votre intonation un espoir qu'il croyait perdu. Il vous invite à l'arrière de la maison. Vous sortez. Dehors plusieurs chats, un chien, des poules. De ce côté, l'atmosphère est à la fête. Ce qu'il faut sauver, c'est la vie, répète l'homme. Le chien se rue dans vos bras, vous vous laissez tomber. Il est fin, de petites oreilles tombantes, une longue queue fine, le poil beige doré, un peu noir au museau, c'est le chien de votre géologue. C'est toi ? Oui, oui c'est lui, vous rassure l'homme. Quand votre oncle est rentré à Paris, il lui a confié ses bêtes. Le géologue aux animaux, dites-vous en souriant. L'homme est surpris par vos éclats. Revenez ici quand vous le souhaitez, dit-il. Vous le remerciez en contournant la maison, une accolade amicale. Le chauffeur vous accueille, vous êtes de plus en plus affligée. Vous vous installez à l'arrière, vous pourriez pleurer de nouveau, mais à quoi bon ? Vous ne regrettez pas le paysage aveugle, le seul qui vous importait a été abattu. Qu'on vous amène dans votre chambre, qu'on vous ramène à Miami, vous traversez Haïti sans rien y voir, a-t-on jamais fait une chose aussi pathétique ? La voiture ralentit. Vous baissez la vitre, le chauffeur au calme. Vous longez un immense mur de briques, trente mètres de long, cinq mètres de haut, l'entrée gardée par deux vigiles armés. Ils ouvrent le porche. Derrière cette sinistrose, une plus sordide. Un somptueux jardin tropical décoré d'une fontaine au milieu des roseaux, une pergola garnie de roses. L'enfer dans l'enfer. Vous êtes reçues par la cousine en personne. Suivez-moi, vous consentez par politesse. Votre tante connaît les lieux, c'est ici qu'elle avait logé la fois où elle pensait que ce serait la dernière fois qu'elle viendrait sur cette île. La visite s'éternise, vous essayez d'oublier ce qu'il y avait de l'autre côté du mur. Enfin, vos chambres. La cousine vous recommande de dîner à l'hôtel, il est préférable de ne pas sortir après 20 heures. C'est parfait comme ça, acquiescez-vous. Vous n'avez pas l'intention de quitter ce ghetto ; d'Haïti vous avez assez vu, ce soir vous ne pouvez pas mourir davantage.

31.

Nuit blanche. Sans surprise. Vous n'avez même pas fait semblant. Il était moins possible de dormir cette nuit que la veille de votre départ où vous disiez qu'il était impossible de dormir. Vous avez enterré votre Ima. J'ai enterré ma grand-mère. On vous a forcée à amasser ce qu'il restait d'elle en un tas de miettes ensevelies sous du béton. Lourd, écrasant, coulé dans le sol. Personne ne renaît de ses cendres. On reste achevé dans la terre. On s'y enfonce jour après jour, de plus en plus profondément, le mur sur le dessus de plus en plus pesant vous étouffe jusqu'à ce qu'il n'y ait plus une seule pensée qui vous ramène à la vie. Bientôt plus une seule pensée pour vous ramener parmi les vivants. De quel droit se promener ici ? Pleurer Ima comme si vous vous étiez battue pour elle ? Celui du sang, mais de quoi parlez-vous ? Votre filiation pourrie avant d'avoir existé. Votre grand-père mort.

Votre grand-mère morte. Ton grand-père mort. Ta grand-mère morte. Haïti mort. Vous essayez de les rattraper, mais qu'est-ce qu'on fait avec les morts ? On s'encrasse avec eux ? C'est bien mieux que de vivre ; mieux que d'être ici devant ce tas de miettes. Il fallait reconstruire, disait-il, il fallait reconstruire. Oui, oui. Vous comprenez, avez-vous dit. Oui, oui, vous comprenez, il est de bon sens de comprendre, eh bien aujourd'hui le bon sens vous n'en avez rien à foutre. Vous préférez le vide, vous dites cela, je préfère le vide. Que personne ne soit venu planter sur votre grand-mère des blocs de ciment. Qu'il n'y ait rien, un trou, un creux, une brèche, un cratère, un immense cratère, s'il ne reste plus rien d'Ima, plus de murs, plus de véranda, plus d'escalier, plus de jardin, alors qu'il ne reste plus rien pour que le vide existe pleinement. Vous êtes venue pour enterrer votre grand-mère. Vous ne le saviez pas, non, non, non, vous ne le saviez pas, vous disiez qu'il y aurait un avant, un après Haïti, hier tout s'est effondré. Qu'on laisse les miettes, vous dites cela, qu'on laisse exister les miettes. Vous vous écroulez sur le lit. Pourquoi êtes-vous venue ici ? Vous voulez rentrer à Miami le plus vite possible ; vous avez tué votre grand-mère. J'ai tué ma grand-mère. Son image vivante dans votre rue Malher écrabouillée par un amas de graviers sous des tonnes de parpaing. C'est fini.

Vous avez envoyé ce mot au géologue, *tout est terminé en ce jour. Tout est terminé en ce jour*, avez-vous écrit. En Haïti, vous n'êtes plus rien. *Tu as tort, la vie commence ici*, vous répond-il. *Ima n'était pas dans la mort.* Cette phrase de votre géologue interrompt votre état. Mais que faire ? Vous voudriez lui demander, que dois-je faire ? Vous vous levez, ramassez vos affaires. Vous ouvrez les rideaux sur votre enfer de verdure, l'excessive beauté des lieux vous console subitement. Ima était pour la vie. Vous répétez, Ima était pour la vie. Elle aurait détesté vos complots macabres, votre conservation du vide. Elle était pour le béton, pour combler les failles, pour bâtir une existence nouvelle partout où il est possible de vivre. On frappe à la porte, votre tante vous convie au petit déjeuner. Vous acceptez. Je ne dois pas la laisser mourir. Vous dites cela à votre tante, je ne dois pas la laisser mourir. Elle pose sa main sur votre épaule, c'est toi qui es en vie. Vous vous installez à table. Le service est aussi débordant que le jardin, fruits exotiques, couleurs spectaculaires. Vous parlez d'un contraste. La grille de votre barricade s'ouvre, vous êtes intriguée. Deux citernes pénètrent dans la cour arrière. Pourquoi autant de gardes armés ? C'est l'eau potable, répond votre tante. Tous les matins, c'est la livraison d'eau potable de la journée. Vous pourriez vomir. Si la politesse ne vous retenait pas, vous auriez dégueulé le thé, la banane, les beignets, le jus d'ananas, là devant vous, sur la table. La cousine vous aperçoit, elle vous salue. Vous avez bien dormi ? Au calme ? Ah ça oui, au calme dans votre chambre, moins dans votre tête, vous souriez, oui, oui, le silence idéal. Elle regrette que vous ne restiez pas au moins une semaine, a-t-elle suggéré. Vous vous étouffez, une semaine. Toutes deux avez l'intention de filer à l'aéroport le plus vite possible ; vous mimez un air désolé. Cependant pas d'histoires, qu'on ne s'y trompe pas, ce sont bien des adieux. La cousine vous conseille une épicerie, achetez-y une bouteille de krémas, c'est un bon souvenir à rapporter, dit-elle. Oui, cette idée vous satisfait. Elle se lamente de ne pas savoir la faire elle-même, vous la rassurez, la vôtre a atterri au mixeur. D'où vient ta recette ? Vous racontez l'histoire de votre mère sur l'île, neuf mois avant votre naissance, vous décrivez l'enveloppe en papier kraft, les mesures sans mesures, votre impatience, le rhum de chez Monoprix, l'échec de la société occidentale. Elle s'amuse de votre comédie, tu m'enverras la recette quand tu seras en France ? Sa demande vous surprend, vous admettez qu'elle ne soit pas insensée. C'est un peu bête, vous êtes coincée dans votre descendance, la recette de votre Ima, c'est son dernier témoignage. Et ce petit débris, vous refusez de l'échanger, de le partager, ou de le donner. C'est le vôtre. Vous marmonnez, c'est ma recette. Mon souvenir, mon héritage, ma famille, c'est ce qui perdure de ce que je n'ai pas connu. Votre tante insiste, oui, mais c'est toi qui es en vie. Vous souriez, elle a raison, c'est absurde. Vous vous accrochez un peu. Encore un tout petit peu. Comme si vous vouliez qu'elle n'aille nulle part, votre Ima. Aussi émiettée qu'elle soit, qu'elle demeure sur ce terrain vague, inerte, sans maison, qu'elle ne bouge pas. Mais c'est vous qui la tuez en la maintenant en ruine, en la gardant pour vous, avec vous, chez vous. Ses recettes, les vôtres, à vous seule. Ces possessifs répugnants, oui, vous êtes bien une racaille de l'Europe du Nord, de celle où il fait froid et moche. Et que deviendra cette accumulation après vous ? Quand vous aussi serez crevée ? C'est absurde de tuer les morts. La cousine vous observe, elle attend une réponse. Bien sûr, vous la lui enverrez. Vous serez ravie qu'elle la réussisse mieux que vous, paisiblement dans son jardin fleuri, près de la fontaine, elle pourrait s'asseoir juste là, au bord de la fontaine, sous l'hibiscus, si vous habitiez ici, c'est là que vous auriez posé votre chaise ; tournez des heures, n'oubliez pas, il faut mélanger pendant des heures, précisez-vous. En Europe du Nord, là où il fait froid et moche, le temps est tout foutu.

32.

Vous êtes partie rejoindre la maison d'Hemingway à Key West, la dernière île de l'archipel des Keys. Après une heure trente de route, vous avez renoncé à conduire deux heures de plus, fatiguée vous vous êtes installée au bord de la mer à Key Largo. C'est regrettable, la suite du parcours est spectaculaire. Une bande de terre si rétrécie, on fantasme les bords de la rive. La nature est virulente, reptiles endormis, oiseaux méconnus, avec patience, des dauphins. Vous êtes assise sur le sable dans une minuscule crique sous l'air plombé. Dans l'eau, dans les feuillages, sous le sable, l'atmosphère est excitée. C'est une faune cruelle, celle qui vous mord, celle qui vous pique, vous adorez lui être assujettie. Vous entamez votre déjeuner; la route qui mène aux Keys est parsemée de cabanons qui vendent du poisson frit pêché aux alentours, des beignets de crabe, évidemment une Key Lime

Pie. Si vous aviez des jumelles, peut-être pourriez-vous apercevoir Haïti, sa côte se situe sur la diagonale parfaite de votre baie. Juste en face de vous ce sont les Bahamas, un peu plus au sud, c'est Cuba. Vous pointez la boussole de votre téléphone vers le sud-est, sur l'axe de Cap-Haïtien, ancienne capitale du pays. Sur votre portable, un message de votre magistrat. *Je suis désolé*, sous une image en pièce jointe. Vous l'ouvrez, c'est un e-mail des services d'Horizon, *Après une étude approfondie de votre dossier, nous sommes malheureusement contraints de décliner votre demande. Le message auquel vous faites référence a été envoyé sur le territoire français, or le document que vous nous avez fait parvenir provient du MPD (Miami Police Department, Florida, USA). Nous ne pouvons agir que sous juridiction française.* Vous rangez le téléphone. So French, soupirez-vous. Le bruit des vagues ramène la vérité. Vous ne retrouverez pas la journaliste. Pas aujourd'hui, pas demain, jamais, never. Vous allez enfouir cette idée, comme vous avez enterré Ima. Peut-être deux ou trois séances d'hypnose et vous parviendrez à l'oublier. C'est dommage, dites-vous. La traversée de l'autre côté, cette vie de l'autre côté, c'est cela votre réponse. La seule chose à dire de vous, ce sont vos miettes. Le vide c'est vous. L'absence c'est vous. L'ignorance c'est vous. Vous êtes un creux parmi les vivants. Ici un peu moins qu'en face. Sur votre rive vous vous sentez protégée. C'est l'avantage de l'exil, on laisse mourir les gens qu'on aime à 7000 kilomètres, on fait semblant de s'en foutre jusqu'à dépérir soi-même. Ici, vous reviendrez souvent. Le plus souvent possible. Assez près, assez loin de votre île. Sur votre morceau de sable, vous êtes libre de rêver ce qui est mort en face. Vous sondez l'horizon. Il est midi, le soleil le plus violent. L'humidité étreint vos poumons. Vous lâchez votre tarte, tanguez vers l'eau. Cette moiteur est exécrable, vous vous étiez engagée à la détester, cependant elle endort vos nerfs. Vous vous concentrez sur la respiration, la suffocation, le corps tabassé, les muscles lessivés. L'enfer vous sied. Ici vos pensées vont moins vite, votre corps se perd lentement à l'eau, vous dessinez une brasse. Devant c'est toujours pareil. Une île, c'est ce qui demeure lorsque tout a disparu.

33.

Le réveil est pénible. Les bras s'étirent, les jambes aussi, ça ne change rien. Le corps est mou. Je dis cela, mon corps est lâche. Il y a des oreillers partout, l'espace a rétréci. J'en balance deux ou trois, mon chat esquive les coups. Je suis réveillée. Je crois que je suis réveillée. La journée commence de la même manière, j'attrape mon téléphone portable posé sur la table de nuit, en réalité, etc., pour regarder l'heure. Il est 15 heures. Je relis, 15 heures. À haute voix, il est 15 heures. Je ne survis plus que pour mon chat. Encore à haute voix, mon chat. Je me jette hors du lit. À manger, des croquettes, trop de croquettes, tant pis ; les crottes à la poubelle ; à boire, la baignoire, le lavabo, l'évier, à grands jets, de l'eau partout, tant pis. Et moi ? Dans la douche, c'est terrifiant de ne pas être savonnée, un vendredi à 15 heures. Des vêtements, n'importe lesquels, l'essentiel c'est d'être habillée, un vendredi à 15 heures. De la nourriture, une tomate en rondelles, un filet d'huile d'olive, avalée en une minute, il est primordial d'avoir déjeuné, un vendredi à 15 heures. Une canette de Coca, du sucre en liquide, c'est efficace, une boisson et un dessert à la fois. Retour dans la chambre, le lit est suffisamment aéré, le spectacle d'une couette dépravée est indécent, un vendredi à 16 heures. La situation à peu près rectifiée, qu'est-ce que je fais, un vendredi à 16 heures ? Je précipite l'heure du thé, la digestion est infernale. Je vire l'*Impérial de Russie* pour un mélange après repas. Beurk, l'odeur de la réglisse. Une grande tasse, je m'écrase sur le canapé. C'est l'heure de la sieste. J'attrape mon téléphone portable. L'écran est saturé. Des appels manqués, des messages, des alertes de toutes les chaînes d'informations. C'est beaucoup d'agitation pour un vendredi à 16 heures. Sur Facebook, Instagram, partout la même vidéo, et ce nom qui revient en boucle, George Floyd.

Voilà. Je me réveille un jour, je n'ai jamais été noire.

Achevé d'imprimer en novembre 2021
par CPI Firmin-Didot
N° d'éditeur : 2785
N° d'édition : 404464
N° d'imprimeur : 167299
Dépôt légal : janvier 2022
Imprimé en France